作家**方明**、**楊樹清**聯合推薦

金秋進行曲

蔡明裕——著

目　錄

方明 序

山光水色映雲霞——閱讀《金秋進行曲》

歷代歸隱鄉閭曠野、隔絕紅塵世事，在林木蘢蔥、溪水涓涓的莽莽重山之間靜渡餘生而行雲吟哦的詩人，我們將之歸類為《山水詩人》或《田園詩人》，其實兩者之間亦有主題表達的差別，但文體上的分類似乎沒有如斯嚴謹。相信讀者對中國著名的田園山水詩人，諸如王維、陶淵明、謝靈運、孟浩然等留下之山川靈水，優逸如渾樸自然之潑墨詩篇十分熟稔，但有關田園山水之散文或雜記，則鮮有成書成冊，或偶爾詩人們在行吟之餘，提補一、二篇章，翻閱明裕先生的散文集《金秋進行曲》，竟被數拾篇一折青山一灣碧翠的田園山水的報導秉文所驚艷，台灣綠野澗壑似夢還真的自然扇屏，而作者將自已親人被鎖住在千嶂雲霞的谷地裡，在此汗珠涔涔躬耕之入世隨和的苦樂態度，描述得淋漓盡致。

此本散文內容有不少講述作者長輩如何在貧困忒惡的環境中，為五斗米而朝夕躬稼，而周遭卻有〈川光初媚日，山色正矜秋〉之爽悅農景，故賞閱《金秋進行曲》時，在敬佩上一代長輩披荊斬棘吃苦耐勞之精神，又可沉浸於作者妙筆細膩道出〈山花高下色〉、〈春鳥短長聲〉、〈天街小雨潤如酥〉、〈草色遙看近卻無〉…之詩境，鄉間百姓在物質窮匱之下，仍可樂天知命、隨遇而安之簡樸、爽直、開朗之美德，令生活在都市叢林裡滿身交織著爭鬥貪鄙幽明以及糾葛著各種名利腐惡城市人反省思考。

閱讀到能以鄉村為題材而寫下數拾篇田園生活即景的秉文，明裕先生應是先例，《金秋進行曲》散文集幾乎是述台灣鄉野習俗、村民作息起居集大成的冊子，將〈鄉下人〉生活在物質窮匱的環境下，仍然樂天知命、隨遇而安，充分表現簡樸、爽直、開朗之美德，此書亦是探究台灣百姓克勤克儉、互助互愛的紙上活電影之溫馨投影。

全書插入〈李商隱與朱淑真〉的愛戀詞作為潤滑劑，真是人間花草皆有情，〈一樹梨花一溪月，不知今夜屬何人〉相互映照。

二〇二四年七月　完稿

自序

蔡明裕

幾十年前我開始寫作時，那時我已離開，以農業為主的故鄉幾年，而大多寫故鄉，純撲的景象與故事，我和那時文壇盛行的鄉土文學，稍微有一點關聯。

我也喜愛讀一些作家寫的鄉土文學作品，讓我能深入的了解，鄉土文學的涵意和流行背景，也增加了我寫作的動機。

後來遇到金門來的楊樹清、顏國民等幾位作家，他們都比我早寫作幾年，而且有人已準備出書的打算，他們邀我參加寫作小組，總共大約有五、六位，就這樣每周聚會一次，也提出這一周各人寫的作品，互相討論優缺點，以增進大家的寫作能力。

大家討論過比較好的作品，就投稿出去，那時報章雜誌很多都有投稿的園地，大部分都有刊登出來，也鼓舞了大家寫作的信心。

那時的寫作小組成員，後來大多有出書，甚至有的人，到現在已出書幾十本，而目前的我，在名作家方明兄的鼓勵下，才要出第一本書，我想在現代網路發達時代的電子書，除非名作家，紙本書市場已經沒落，出書我認為只是一種結集的意義而已。

土角厝

在幾十年前，我還住在南部的小鎮時，家還是舊瓦的土角厝，牆壁是用大竹管交叉為基骨，隔出的很多格方行空處，再用厚竹片緊密編交撐固，空隙的地方盡量用稻草紮密，然後再用攪成泥狀的白色石灰厚厚的糊上去，主要是把土角厝的牆壁密封完整，牆壁只看到方形交叉露出的部分大竹管痕跡。屋樑也是用更粗大盡量平直的長竹管，兩邊傾斜的屋頂，就用中型的竹管縱橫交叉以鐵線綁牢固，再鋪上磚窯場買來的屋瓦而成的。

土角厝的後面是廚房，有磚造的爐灶，灶尾接一支煙窗伸出厝頂一、二公尺，母親煮飯菜時燃燒的材料如：劈薄的乾木柴、曬乾的落花生殼、稻殼等所產生的縷縷黑煙，就從煙囪飄向天空。也有一個從鄰居挑自來水注入日常用水的大水缸，土角厝壁竹製的窗戶外，就是厝簷了，下面就擺放一些劈好綁緊堆疊燃料用的木柴，那是父親利用空閒時間慢慢把整塊或整枝乾木柴，用斧頭劈成薄片狀，放在厝後空地曬乾後，再綁紮堆疊的。廁所就搭在土角厝角落邊，那時沒沖水設備，臭味也比較聞不到，只是晚上上廁所要走入黑漆漆的厝外，聽那狗吠聲貓悽慘的哀叫，蹲廁所也實在很不自在！

夏天父親會在厝後種菜瓜，成熟後竹搭的菜瓜棚攀爬了濃密翠綠的菜瓜藤鬚和枝葉，菜瓜也一條一條的垂掛在竹棚下，使得土角厝也帶來清爽的綠意，尤其母親煮的菜瓜湯更清甜可口，金黃色的菜瓜花沾麵粉炸著吃也不油膩又香脆，夏天的土角厝住在裡面不會很熱，因為竹草的材料構造能散熱又通風，再看到菜瓜棚那一片綠意盎然，暑氣就更加減少了。

冬天來臨時，父親都會把土角厝壁的裂縫或破洞的地方，用乾草填塞緊密，再用泥狀的白色石灰抹成厚實狀，這樣冷風就不易吹進厝內了，寒流來時父親就在小爐燃燒木炭，使家人烘手取暖，母親也貼心的利用爐灶的餘溫，烘一些蕃薯、落花生，熱熱的吃也能增加體溫，以抵抗寒冷的氣流。

住了幾十年的土角厝，也逐漸老舊了，晚上會聽到土角壁的大竹管裡傳出蛀蟲的陣陣鳴叫聲，父親怕土角壁的大竹管會很快從裡面腐蝕到外面，嚴重的話土角壁的大竹管會斷裂，土角壁就會崩塌，土角厝就危險了，父親不得已就在土角壁的大竹管鑽一個小孔，把買來的殺蟲劑倒進去滅蛀蟲，第二晚就沒蛀蟲鳴叫聲了。老鼠也出現了！母親只好去鄰居要一隻貓回家養，貓抓老鼠是天性，一物尅一物，貓也使家人帶來一些歡樂，能陪小孩子玩球、或互相抱著玩、牠軟綿綿的身體抱著睡覺也很溫暖；土角厝也會漏雨了，雨下久一點，母親就要忙著用臉盆、碗公、水桶等接那些滴入厝內的雨水，最後父親決定爬到厝頂察看幾片屋瓦損壞，再去郊外的磚窯廠買一些新屋瓦回來更換。

經過一次地震後，老舊的土角厝有點傾斜，父親覺得那已不是人力可以再回復原狀，但也不能一直讓家人住在危險的土角厝內，父親就用自已和母親積蓄的一些存款，再向親朋好友借貸一些錢，用來拆掉土角厝，改建磚牆水泥屋，經過半年後，磚牆水泥屋終於建造完成，家人可以住的安心了，土角厝雖然消失不見了，但它卻一直在我腦海中無法忘記，土角厝陪我度過童年快樂無憂的歲月，也留有父母親為家人付出的精神，土角厝的形象永遠使我懷念。

※中時人間副刊

百千層樹花

一套薄短衣和短褲，是四伯父打鐵時穿的，清晨五點多，四伯父把鉛皮製的店門打開後，點燃了風鼓爐的炭火，阿能師也來了，爐前立一根半人高的圓形鐵砧，旁邊用廢棄的高形鉛桶圍著，中間灌注水泥土，以加強固定。四伯父把風鼓爐快速來回拉動幾次，火炭一下子炙熱到了極點，四伯父左手就拿長鐵箝，把爐裡煉紅的小形厚鐵片，移到鐵砧上，右手拿起地面上的一支小鐵錘，阿能師早已舉起大鐵錘先錘了下去，四伯父的小鐵錘也在大鐵錘舉起時錘下去，兩支鐵錘就很有秩序的錘打鐵片成刀具半成品，鐵片也由紅變黑藍色了，在還很寧靜的清晨，「起闊、起闊、起闊」的打鐵聲，有時候就成了我的起床號。

假日沒去小學上課時，堂兄弟會叫我去打鐵店前面，兩棵的百千層樹下寫功課，有點熱的天氣，樹下還滿涼爽的，那時百千層樹花正開放，飄散著陣陣的清香，蜜蜂、蝴蝶、小蟲、鳥兒、小蟬都在樹葉和花朵上徘徊飛舞，那裡擺著隔壁打石店，兩個廢棄直立的大石輪，剛好成為我們的寫字桌，有時百千層樹花朵的細花瓣便飄到書本上，使我們覺得欣喜不已，但是回頭看到四伯父打鐵時揚起的點點炙紅的小鐵削，不停的噴到他的短衣上，甚至穿透進去，或直接黏在肉身上，那一定有一點痛的，甚至幾次噴入四伯父的眼睛，四伯父都忍了下來，四伯父曾說只要能維持家裡生活，什麼艱苦都能忍受的。

十點多，賣碗糕的流動攤販，推到百千層樹下，四伯父就叫阿能師休息吃點心，我看到四伯父的薄短衣上和流著汗水的肉身上，又增加了不少小黑點，那是點點炙紅的小鐵削的痕跡，這時百千層樹的細花瓣又飄了下來，又是一陣輕輕的淡香，地面上又添增了百千層樹花朵的細花瓣，那是很幽雅的，但是四伯父薄短衣和肉身上增加的小黑點，卻使我感到心酸不已…。

※中時人間副刊

白水木

去找在海邊養殖魚塭的二伯父，我喜歡去看各種耐強風和鹽份的海邊植物，有幾棵白水木長得很醒目，那厚厚長有絨毛的葉子，也長得茂盛翠綠不已，海風吹襲下，葉子只是輕輕的搖晃著。

二伯父曾經告訴我，白水木長得低矮，能閃避海風直接吹襲，而有絨毛的葉子，更能抵抗酷熱、嚴寒和鹽份的侵襲，海邊的環境惡劣，植物為了適應求生存，就演化成特殊的形狀。

二伯父以前有一個出海補魚經驗的朋友，說要二伯父共同出錢買船出海捕魚可以賺很多的錢，二伯父跟親朋好友借了不少錢就跟朋友合夥買魚船，開始出海捕魚了，剛開始朋友都正常的分紅一半給沒出海補魚經驗的二伯父，幾個月以後，二伯父的朋友卻失蹤了，很快的船的所有權，卻變成別人的，二伯父才知道朋友表面上是那麼熱心，其實是有心要害他的，二伯父傷心了一陣子，才開始在海邊養殖魚塭，慢慢賺錢還親朋好友的債款。

本來二伯父自己一個人在海邊養殖魚塭，不大習慣那種孤寂的生活，為了賺錢還親朋好友的債款，就忍耐的養殖魚塭三年多了，有幾次魚塭收成時，父親和我都去幫忙，每次魚塭的大豐收，都使二伯父愉悅不已，我想二伯父已習慣了海邊孤寂的生活，不再有剛養殖魚塭時，那種無奈、蒼茫的心情，二伯父就像那白水木一樣能在環境惡劣的海邊生活下去啊！

※中華日報副刊

用心

我在很長一段日子工作還沒找到時，每天出門總抱著對家人愧疚的心情，因為基本的生活費都要由家人支出，想到寄出的履歷表都石沈大海，當日應徵的工作不是等候通知就是薪水低、或要付出相當勞力的工作而不想去做，就這樣一日日的對找工作沒信心，待在家裡面對家人也沒有好氣氛，有時就去窩在圖書館或去聽免費的演講或看表演。

有一晚看到公園有歌手在晚會演唱，聽到一首歌「用心」，短短的歌詞卻能唱出我內心所無法解開的心結，使我感動不已。歌詞的意義大致是：奮鬥的人生、謙虛的精神、生涯的掌握、朋友的互相鼓勵、生命要認真才會精彩等，使我體會到老天不會絕人之路，一支草一點露，我想一個人的成功，一定要經過努力，吃得苦中苦方為人上人，是很有道理的。

幾天以後我找了一份工廠職員的工作，充滿機器噪音、污垢的環境、不高的薪水，我還是忍耐做下去了，要加班或要搬重物，我也沒怨言，我知道再找也是如此的工作，最起碼家人對我有所期望了，我不用再煩惱生活費而且能拿一些薪水給家人了，也不用煩惱失業時沒有家的歸屬感。我很用心地面對這份工作，再苦、時間再長我都能適應了，比起失業時對生命感到灰心，這些感覺是有意義而且是精彩的。

※中華日報副刊

燈仔花伴童年

屋前燈仔花開放的時候，田裡正在忙碌，清晨時分，父母親都趕至田裡忙活兒，只有祖母和我守在家裡。老花眼的祖母不喜歡離家太遠，就常坐在家門前的燈仔花棚下。

一朵一朵鮮紅的燈仔花，招來蜂飛蝶舞，小鳥、昆蟲、蟬兒也常出現，鄰居和親友都會過來問候年老的祖母。早晨的燈仔花迎著陽光，閃爍耀眼的光芒。白髮蒼蒼的祖母，對著年輕親友也有講不完的人生道理。

燈仔花花棚下也是遊玩的好場所，尤其玩娶新娘更是喜氣洋洋，圓圓的燈仔花就有一條長長的蕊芯吐出來，就是現成的燈綵，摘幾朵燈仔花掛在胸前象徵吉祥。賞玩之後，燈仔花的蕊芯也能生吃，清甜的滋味百吃不厭，真是令人難忘。

從離家不遠的地方看，燈仔花很醒目，老家的紅磚牆壁早已青苔滿佈，只有燈仔花一年又一年的鮮紅花朵，依然裝飾著前院的竹棚子，為老家帶來蓬勃朝氣。掛在竹棚上的燈仔花，更是吸引雞鴨，在高高的竹棚上飄逸的燈仔花，雞鴨雖啄食不到，卻成為牠們歡喜聚集、避暑的好地方，同時雞鴨也不會胡亂走失。

黃昏時，我在燈仔花棚邊等待母親回家，燈仔花在逐漸轉暗的夜色下慢慢失去手采，但母親總會回來的，翹首盼望，終於看見母親拿著斗笠在屋前向我招手，那綁著紅色花巾的斗笠在彩霞的照耀下，就像一朵圓圓的超大燈仔花。我跑過去接下斗笠，母親牽著我慢慢走回家，那晚的燈仔花顯得特別漂亮。

※青年日報副刊

手搖發電機

幾十年前住在故鄉，晚上去後院角落的廁所，黑漆漆的一片，家人都會提著一台父親買的小型手搖發電機，只要搖動旋轉的搖把，「嘎、嘎、嘎……。」的聲音中，燈泡就亮起來，照出路面。家裏也有手電筒，節儉的父親說手電筒用一段時間，就要花錢買電池來換，而手搖發電機用很久都不用花錢的。

有時晚上父親帶全家人去鎮郊找舅父，也是帶著手搖發電機，到了街尾已沒路燈，家人走入黑茫茫的道路裏，輪流搖著發電機，田野裏傳來的蛙鳴聲、小蟲的鳴叫聲，加上「嘎、嘎、嘎……。」的發電機聲音，熱鬧的陪伴著家人走到舅父的家。

後來搬到北部，父親也把手搖發電機帶來，放在客廳的角落。住都市，廁所在浴室內。晚上去找親朋好友，到處路燈明亮，手搖發電機幾乎沒用到，只有停電時，父親又拿出來使用，「嘎、嘎、嘎……。」的發電機聲音中又使我想起以前在故鄉節儉的生活。

父親逝世後，他用的物品大多放入木儲櫃裏，有些丟掉，那台手搖發電機當成收藏品放在我書桌邊，當我想起父親，就拿起來搖一搖，「嘎、嘎、嘎…。」的發電機聲音中，燈泡依然明亮，就像父親節儉的精神那樣的感動。

※更生日報副刊

火柴盒

幾十年前住在小鎮時，無論母親煮飯或父親抽煙，都會從火柴盒裡拿出一根火柴棒，劃著火柴盒側面黑色的部位，很快的輕巧的「嗶！」一聲，火柴棒就點燃起來，那是早期點火的情形。在有風或下雨潮濕的日子，火柴棒就很難點燃了，有時要劃掉幾根火柴棒，才能點燃一根，所以母親都把火柴盒放在乾燥隱密的地方，這樣也能防止小孩子拿去玩耍亂點火。

火柴盒有大有小，也有幾種圖形，有一陣子我搜集了一堆火柴盒，和小學同學互相觀摩或交換，比較難得的是都市飯店自製的火柴盒，尺寸和一般市場上賣的不大一樣，圖形也五花八門，一般都是要幾個普通的火柴盒才能換到一個特殊的火柴盒，甚至要用錢才能買到的，但是同學們對火柴盒都收藏的很有樂趣。火柴盒也能裝著各種精巧的物品，我養蠶的時候，就把快要吐絲的蠶兒放進大的火柴盒裡，這樣能隨時打開火柴盒看看蠶兒吐絲了沒？蠶兒開始吐絲後，火柴盒就不能再隨意打開了，這樣蠶兒吐絲而成的繭才能比較完整。

後來鐵殼製的點瓦斯的打火機普遍上市後，母親煮飯或父親抽煙，就用手指頭扳開打火機上面的開關，「鏘」的一聲，一把連續不斷的小火就出現了，而且在有風或下雨潮濕的日子，打火機都能輕易的點燃，打火機的瓦斯沒了，可以拿去店裡灌氣，那時父親有幾個打火機輪流使用著，卻禁止小孩子拿去點火，那時市面上賣的火柴盒就逐漸減少了，一直到塑膠製的用完即丟的瓦斯打火機大量上市，價錢也逐漸便宜後，市面上就沒有賣火柴盒了，就只有都市飯店自製的俏麗火柴盒，還提供給顧客使用。

※更生日報副刊

稻子收成時

舅父的田裡，稻穗已長得豐碩飽滿，最近和舅父去田裡巡視時，低垂的稻穗和枝葉，總會碰觸到走在田埂上的我們，「沙沙沙……。」的聲音聽起來很悅耳，也使我體會到謙虛的美德，那些低垂的稻穗，不就像一個學識豐富的人，不意氣昂揚的鼓吹自己的才能，不像那些不學無術的人，只會胡亂說自己有多行，其實是沒什麼內涵的，如那半瓶子的水，稍微一動就晃動起泡，那都是不實在的。

附近有很多的麻雀，從電線上看去，好像五線譜般密密的排列，土石路兩邊木麻黃樹茂密的枝葉裡也棲息著很多，草埔上也有不少在那裡跳動飛撲，牠們好像都在覬覦著各處田裡的豐碩飽滿稻穗，等田主人不注意或風兒吹來時，麻雀就趁稻田翻動成陣陣的金色稻浪時，「沙沙沙……。」稻穗互相輕撞的聲音不斷悅耳的響起時，迅速飛撲入田裡偷食後就離去了。

為了防止稻穗被麻雀偷食，稻子抽穗後不久，舅舅就在田裡多立了幾個稻草人，稻草編紮的稻草人，用白布封著的臉部，畫出了眼、鼻、嘴，穿上了舊衣服，雙手握著長竹竿，風吹來時長竹竿也會搖動著，就像農人威武的驅趕著一群又一群飛來偷食稻穗的麻雀，「吱吱喳喳、吱吱喳喳！」麻雀驚嚇飛離時的聲音，在風裡飄蕩著，也滿有趣的。舅父也在田的四周交叉拉起了金黃色的塑膠繩，能反光的塑膠繩，在風吹來時，更是金光閃閃、嘶嘶作響了起來，也是驅趕麻雀偷食稻穗的利器。

稻穗收成的那天，晨曦剛出現時，舅父就駛著牛車載著家人和脫穗機，到達田邊，舅父請來的幾個收割人員早已在那邊等候，他們幫忙把脫穗機抬下來，放在已割起一小片稻子的田裡邊，然後和舅父呈一字形的排開，每個人負責收割幾行稻子，「切、切、切……。」鐮刀割稻子的聲音此起彼落的響起，他們割起一小把稻穗先放在身後，等割完幾小把稻穗，再集中抱起來，拿去脫穗機裡脫穗，只要用一腳踩動脫穗機下面的活動踏板，就能牽動上面脫穗器的轉動，就那樣另一腳撐著身體，雙手抱著稻穗的枝葉，上下左右的在脫穗器上面移動，就能把稻穗脫落下來了，「嘎、嘎、嘎……。」脫穗機的響動聲音，在寧靜的清晨，悅耳且傳得很遠。

在脫穗器裡脫落的稻穗，還含有稻草枝葉屑，就滑落到脫穗機後面的集中槽裡，舅母就用畚箕舀起來，倒入表哥和我共同用手打開的大麻袋裡，等裝滿以後，舅母就用大支的布袋針穿著細麻繩縫合。

七點多時天色已明亮，表姐騎著腳踏車載來了早餐和碗筷放在牛車上，舅父就請來幫忙的人停工吃早餐，有粥飯和幾盤炒菜、醬菜、一鍋湯，家人和他們一起吃了早餐休息了一下，大家又繼續工作了。

有幾個老弱婦孺跟在收割的農人後面，能撿拾到一些收割農人掉落的稻穗，大部分為單支的遺穗，偶爾也有幾支農人沒割斷的稻叢，他們就用力拔起來，這樣撿拾量比較多，到了十點左右，表姐又騎著腳踏車載來了點心和碗筷放在牛車上，舅父就請來幫忙的人停工吃點心，一般收成稻子都吃五餐也就是三餐和上、下午的點心，因為收成稻子用力多容易餓很辛苦。我和表哥吃了點心也暫時休息，就躺在脫穗後披散的稻草枝上面，早上有露水，稻草枝和田土還濕濕的，我們聞到濃濃的草土芬香味，而享受著片刻的悠閒，我們幾乎睡著……。

愈接近中午，太陽光愈熱，收割的人流出了更多的汗，而田裡也逐漸立起了一包一包的稻穗，那是辛苦後的成果，請來幫忙的農人到舅父家吃中餐。十一點左右，舅母就回家和表姊準備午餐了。到了十二點時，來幫忙的農人把稻穗包全部抬上了牛車，舅父就駕著牛車回去了，表哥和我招呼著來幫忙的農人，回去吃中餐。

夕陽西垂時，稻田已收割完成，晚餐吃得更豐盛，舅父請幫忙的農人喝酒，歡愉的氣氛裡，使大家忘記了一天的辛勞。

收成後全部載回舅父家的稻穗，第二天就開始在曬穀場上分離稻穗裡的枝葉屑，那是舅母從大麻袋裡把用竹畚箕舀起的稻穗，倒入鼓風機裡，旁邊的表哥，搖動鼓風機裡的木葉片，產生了陣陣的旋風，使比較輕的枝葉屑從中間的木窗口飄飛出去，比較重的稻穗又從下面的傾斜口滑落下去到一個木槽裡，舅父就用竹畚箕去披散成小嶺狀，開始曝曬了。

收成後的稻田，立起了一叢一叢的稻草，等被陽光曬乾後，就可以載回去，綁成小綑狀，堆在大灶邊做為以後的燃料，舅父也會拿去補鋪牛舍的房頂，或穀亭畚斜圓形狀的畚頂，有的商家也會來買去做為草繩或做榻榻米的原料，其餘的稻草，有的農人就拿去鋪在田土上做為保護農作物的材料，如果還剩餘太多，舅父就把稻草做為製肥的材料，甚至用火燒光，一了百了，稻灰也能成為以後耕種的有機肥料。

※更生日報副刊

藝術家的精神

最近參加一場音樂紀念會，主持人曾說：「洪一峰老師往生前雖然得了病，已經嚴重顫抖的雙手，還有腦筋不是很靈活的情形下，他還是要把心中已經創作好的歌曲，忍受著病魔的折磨，扒在病床前好不容易的把它譜寫完成，可見洪一峰老師對藝術的貢獻和創作是專業又堅持到底的，洪一峰老師還面帶微笑的哼唱他最後創作的一首歌曲，那種微笑是對藝術的貢獻和創作激發出的精神壓倒病魔的榮譽感……。」洪一峰老師一般都知道是早期台語歌的詞曲創作和有名的低音演唱歌手，他的敬業精神也是使人感動的。

那段話使我想到，不論藝術家或一般人，只要有努力向上、負責任、不怕苦的精神，環境再惡劣也不會阻礙前進的腳步，只要堅持到最後，那生命一定充滿光彩的。尤其早期台語歌謠還沒很流行時，台語歌創作者或演唱者在沒什麼援助下，抱著熱誠的心和音樂的天分，都以努力磨練來的真功夫，不斷的演奏、創作、演唱，一直提升音樂的素質。而逐漸的擺脫以日本歌曲改為台語歌詞的形態。

剛開始他們也曾在熱鬧地區賣歌簿，當場彈奏演唱歌簿裡面的歌曲，洪一峰老師那時也是轟動一時的創作者，更是有名的低音歌王。現在有些有名的台語歌就是那時演唱的歌曲，雖然經過長期政府的抵制台語歌演唱時數和歌詞內容嚴厲審核，而壓縮了台語歌的創作演唱空間，但還是泯滅不了台語歌演奏、創作、演唱者的熱火，更默默的把台語歌曲提升為更優雅的品質，也更吻合現代化潮流的意境。

在台語歌解禁後，老歌使人懷念，例如：舊情綿綿、思慕的人等，舊情綿綿也有拍成電影，由洪一峰老師主演、主唱，在這次音樂紀念會中也有播放，雖然幾十年前的黑白電影，還保存的很完整，背景由鄉下、山上、到都市，有堅守愛情的意志者，有貧窮人被富貴者欺負的無奈感，和貪求名利的無恥人！更可貴的是能看到已經消失的阿里山神木，和台北市以前有火車經過的幾棟中華商場，舊情綿綿一片故事純樸，卻也道盡了感情世界的起伏坎坷，和社會人心的善惡奸詐，而善有善報，惡有惡報，那是不變的道理。電影播映中也視劇情而演唱一段動人的歌曲，使整個劇情更吸引人。而使人想起那時的老歌、創作者和歌手，例如：洪一峰、葉俊麟、愛玲、文夏、紀露霞等美妙悅耳的歌聲。

台語新歌如雨後春筍般上市後，由以前的黑膠唱片到錄音帶、CD、VCD，又有電腦科技的錄製，節省人力又快又準，但被西洋曲調影響，有的脫離台語歌風格，意境也表達沒那麼清楚，所以有些新歌上市雖然包裝華麗，售價也不便宜，但是流行沒幾個月就下架，連沒經過苦練的歌手也不再出現了！反而那些好聽的台語歌不管正版或盜版，唱片行或擺在路邊賣的，總是一直沒下架，而年紀比較大的人，他們也喜歡哼唱一二句好聽的老台語歌，而一些台語歌的老歌手只要一上台演唱，總會受到聽眾的歡迎和熱烈的掌聲啊！

所以洪一峰老師的音樂紀念會，舉辦的很成功，也是台語歌謠的一大盛事！不但能把台語歌、台語電影再次發揚光大，在現代教育注重母語的氣氛下，更是值得我們去參與，也能沉思台語歌、台語電影代表的是民族文化的一種展現，是需要保護而不能夠以任何考量去抵制台語歌演唱時數和歌詞內容嚴厲審核，而壓縮了台語歌的創作演唱空間，那只是一時的，畢竟台語文化是很堅韌的，任誰也壓不倒的⋯。

※文創達人誌

忍冬

布穀鳥飛過溪流田野，日夜啼鳴，光陰便在那清脆明亮的「布穀布穀」聲中漸漸拉長五月的鄉村，花褪殘紅，草木漸深。飽滿的油菜莢發出成熟的訊息，稻穗由青轉黃，纖細的腰身越來越沉，白花花的水田裡響著浩浩水聲，勤勞的水牛拉著耕犁，噗啦啦地翻開了夏的序幕。時光彷彿靜止了，又到了金銀花開的時節了，日子又正生機勃勃地熱鬧忙碌起來，金銀花的清香在初夏的風裡，隨雨水的氣息，慢慢瀰漫，飄散。金銀花也叫「忍冬」，花初開時白色，後成金黃色，黃白相映，似金如銀，故叫金銀花。「金銀忍冬鴛鴦藤」，忍冬花蒂並生，綻開的花朵總是成雙成對，狀若鴛鴦對舞，鴛鴦藤故此得來，給它沾染上一點綺艷，幾分繾綣。至於忍冬，知道這是金銀花的學名的時候，驚訝它竟然還有這樣一個孤高傲氣的名字。原來金銀花歲寒不凋，枝葉嚴冬尤綠，忍冬寓意其堅忍地歷經苦寒，迎來生命的花季。從此，我更願意在心裡叫它為「忍冬」了。

目之所及，青藤翠蔓，四處攀爬，蔓延，蔥蔥蘢蘢的一大片。它似乎從不挑剔生長環境，肥沃的潤土，貧瘠的旱地，低矮的灌木，高大的樹椏，陽光充沛的野地，光線幽暗的密林，它都只管一心一意地攀了去，長成蓬勃的一大片。說它隨遇而安，樂觀不爭也好，說它卑微羸弱，依強附勢也罷，它只管兀自綻放。荊棘密布的疏林，茅草叢生的田壟，錯落斑駁的竹籬，甚至背陰處的頹牆，都能看見一簇簇忍冬花在開著。在那單調的綠色之上，密密地染上金銀兩色，是純潔樸素的，也是明亮燦爛的，淡淡地散發出的生命的那股蓬勃與熱烈，邂逅它的人，滿心歡喜，稱讚它奮勇的精神。

附庸風雅的世人常常遺忘，或文人墨客也鮮有詩詞歌賦來吟詠它，因為忍冬花都靜靜地綻放在山野阡陌間，即便是看花的人，也不會像蘭花開時，邀兩三友人，才好應了蘭的那份高高在上的雅，也不會像欣賞牡丹一樣，眾星拱月一般在喧嘩的人聲中瞻仰膜拜，驚嘆歡呼；吟詩作對，喜歡它的人，只需隨意地摘了花枝來，用透明的玻璃瓶裝了清水，將它插在室內，綠葉襯著金花銀蕊，滿室清香，看它的人也跟著素淨淡雅起來了。反而是一般少數忍冬的知音，對它的愛護和欣賞他堅忍的精神。

忍冬花的香竟是有些凜冽的味道，因為歷經寒冬洗禮的緣故，帶著一股冬日雨霜的清寒。那香氣又彷佛是清澈可見的，純淨清甜，些微的苦。「不慚高士韻，賴有暗香來」，謙卑的忍冬花在詩人眼中，因為暗香徐來，也有了高士的風韻。

關於忍冬花的風韻和雅趣，每當疏簾高卷，山月清寒，案頭數莖，夜散幽芳。泡苦茗一壺，移椅案前，滅燭坐月光中，亦自有其情趣也。你看，樸素的金銀花也有屬於它的那份雅，是恬淡寂然的雅，是洗去鉛華的雅，是應了看花人心境的雅。大俗大雅的花，非忍冬花不可了吧。所以民初張恨水說：「金銀花之字甚俗。而花則雅。蓋因其花也，先白，及將萎，則變為黃色。本草因而稱之，名遂遍。其實花白而轉黃者不僅此花也。」

※更生日報副刊

種田的辛勞

晨曦剛出現時，舅父瓦屋前曬穀場邊的四輪牛車準備要去田裡了。今天是星期天，舅父答應我去田裡幫忙，舅父從牛舍牽出了牛兒，把牛兒拉到兩根斜落地面的長木拖把中，舅父把前面麻繩綁牢牛頸狀的粗藤器，兩手用力扶起來一腿輕推牛身前進，就把粗藤器掛在牛頸上。舅母已提出了大壺的開水，舅父再把需要的農具和幾包肥料、幾把菅芒草放在牛車上，我們各戴上斗笠，舅父就拉動牽制在牛鼻上的長麻繩，「待、待、待…」的吆喝幾聲，牛車就逐漸駛離曬穀場，轉往通向柏油路的土石路。

土石路一邊有竹圍籬是別家的後院，一邊是一條小河流，隱約聽到悅耳的流水聲，河流邊長著一排麻竹林，底下是漫延的野草也有幾叢小野花，陽光在被清風搖曳的竹葉中閃耀著，幾分鐘後「控啰、控啰、控啰…」牛車輪聲暫停下來，舅父就詳細看前面柏油路沒有來車，才再度拉動牽制在牛鼻上的長麻繩，「待、待、待…」的吆喝幾聲，使牛車慢慢駛向柏油路上，汽車、機車逐漸的出現了，最多的是鐵牛車，那是最近流行的載貨或農作物車輛，鐵牛車頭也能耕田，用柴油點燃引擎的鐵牛車「潑、潑、潑」的前進聲，不停的冒著黑煙，但速度比牛車快多了，載貨量也比較多，駕駛人也輕鬆，不用顧慮牛兒的情緒和體力能耐、休息和飼餵問題。

有人也建議舅父把牛兒賣掉買鐵牛車，舅父考慮田地不大，跟牛兒相處幾年也有感情，還是以人工和牛兒繼續耕作田地。路上遇到的人大多都熟識，彼此互相打招呼或停下略談耕作情形，小鎮的人就是那麼有人情味。快到舅父的田地，牛車駛入了兩邊都是稻田的牛車路，有下過幾天雨，土石結構的牛車路泥濘不堪，兩道凹陷的牛車輪痕還積著黃泥水，舅父只好把牛車放慢速度，以免增加牛車的搖晃！舅父的田地到了，舅父先把牛兒脫離了牛車，叫我牽去一棵樹邊把麻繩綁在樹幹上，讓牛兒休息一下，舅父已把那些肥料拿到田頭上，叫我和他喝了幾杯開水後，舅父打開肥料包準備開始施肥，我拿起了牛車上菅芒草去餵食牛兒，看到牠已沒有剛到時的喘息聲，似乎牠的疲累也減除了，餵牠吃菅芒草也嚼得津津有味，使我欣慰不已。

我看到舅父提著裝肥料的塑膠桶，延著稻草縫中彎下腰，兩邊來回前進施肥，我漸漸聞到一股肥料的怪味道，舅父接近肥料那麼近的還是忍受著，毫不畏怯的繼續施肥的工作，陽光愈來愈亮，肥料的粉沫清楚的飄散著，舅父多少也會吸入的！使我更加知道種田人的辛勞。

※青年日報副刊

木棉花

街尾有一棵老木棉樹，比旁邊的雜貨店二樓屋頂還高，自從我和同學去離家一公里外的田野採野花迷路後，母親就告訴我在田野迷路，只要朝著比較突出的木棉樹走就能回到家了。春天的木棉樹不像其他樹種花叢，從寒冬後就陸續的開出美豔花朵吸引人欣賞，木棉樹顯得比較低調，人們口中讚美的花，幾乎沒聽過木棉花，我經過木棉樹時都會仔細看了一會兒，還好鳥兒還滿喜歡禿枝的樹上，吱吱喳喳的鳥啼聲補添了被春天冷落的木棉樹寂寞感，而木棉樹也是鳥兒飛倦後的中繼站，在那高高的平枝上穩妥的休息後，再決定飛向那裡去。

三月後其他花朵由鮮豔而開始失去光彩逐漸暗淡，有的甚至凋謝了！木棉花才在暖陽下在高高的平枝上開放，這時人們才注意到它的另外一種不可捉摸的美，木棉花顏色在陽光的映照下更呈現出金光亮麗，那不是其他花朵散發的香味陶醉人的所可比擬，木棉花的美是以藝術形態陶醉人的精神的，木棉花不是人們能夠隨便採摘下來的，花蕊又韌實所以能穩定的成長，只見花朵不見葉，木棉樹是以純潔的美呈現。

三月底了天氣逐漸變暖和，木棉花也開放得正豔麗，天氣已不再那麼寒冷，人們就比較會到戶外走動，其它比較豔麗的花朵大多已凋謝落地成泥，木棉花在這春天百花齊放的季節，以最後優雅的姿態呈現著，人們開始注意起木棉花了，長在高高樹枝上的木棉花也滿大朵的，也長滿了木棉樹枝上好像小燈籠般垂掛著，尤其鳥兒、蝴蝶、蜜蜂在花朵邊來回的飛舞，人們讚賞之聲出現了，這種天氣人們賞花心裡更舒服了。

一陣大雨後，木棉花逐漸掉落下來了！有一次我經過木棉樹邊看到木棉花輕飄飄的落到地面，還傳來一「撥」輕聲，木棉花不是被人們採摘下來的，想起木棉花還是有一點敖人的骨氣啊！不是一般低矮樹木或花叢的花，就隨便任人採摘或踐踏的！木棉花是被那一陣大雨摧殘後，也是木棉花已成熟老化，所以說「花無百日紅」，只是也能看出各種花性，不論有香味的（也有分清香和沃野香的）或沒香味的，只要它們都能適度的呈現，它們都有使人欣賞的一面，只是看高雅或粗俗而已。

黃昏放學後，我撿了幾朵落在樹下沒被車輪碾扁的木棉花，回家後拿給正在煮晚飯的母親，我看爐灶的火和木棉花的顏色差不多，母親笑著說：「木棉花落了，葉子也長出來了，年年都是這樣的，木棉花再美麗也會凋謝的，人的生命有限，你要把握時間認真讀書。」母親以前家庭困境沒讀多少書，但是對為人處事還很明理，母親煮好晚飯爐灶的火熄了，就像豔麗的花朵失去了光彩⋯。使我又想起母親說過：「如果我在田野迷路，只要朝著比較突出的木棉樹走就能回到家了。」我想讀書也是一樣的，如果有讀不懂的課文，只要向比較懂的人學習請教，一定有所進步的。

※更生日報副刊

東澳冷泉

遊覽車離開了蘇澳，轉向蘇花公路，我向玻璃窗望出去，蘇澳港逐漸縮小而成形的呈現，漁船也很有秩序的排列著，蘇澳老街模糊樸素的人物活動著，豆腐岬那邊的大橋雄偉的完全出現。遊覽車逐漸加著油，爬向愈來愈陡峭的山坡路，而愈來愈低沉的太平洋，視野也愈來愈寬闊，彎彎曲曲的海岸路，有時突然閃出一台載著大理石的大貨車，也實在使人感到驚險不已！

海岸路有些低垂的枝葉，輕拂過車頂，那是開闢蘇花公路，所留下的痕跡，也是給蘇花公路有一點涼意的記號，使人車在夏天通過時，不會覺得那麼悶熱，有一段路是看不到海岸，而是依著山谷上的顛簸不平的路走，剛好早上有下過雨，山谷還雲霧飄渺，看起來也滿深的，這一地區呈現淒涼景象，不久，遊覽車又駛進海岸路，這時才發覺離山頂近了，而離海面更遠了，平常看的海浪，現在從垂直的峭壁往下看，變成美麗的浪花，有的還隨著周邊的顏色，而有了色彩的變化，我再往遠處看，有人放置固定的捕魚網箱，那是比較現代科技化的捕魚方法，好像為大海妝飾銀絲亮髮，在廣闊的大海總是那麼亮眼！遊覽車駛到了山路的最高點停下來，讓我們下車，到海岸邊觀賞風景，在這裡能看到最遙遠的海平線，和愈遠愈藍的海水色，愈深藍黑色表示海底愈深，台灣東部海岸是很快就下深滿多的，所以從海水的顏色就可以觀察出來的。幾艘漁船正緩緩的在捕魚，遠遠的看漁船和漁夫縮小了，太平洋的大，人、船的小，使我感慨人在世間是沒什麼好計較的，還好風平浪靜，漁船似乎沒有什麼晃動，捕魚大概很平安順利，山涯到海岸邊，差不多有十幾公尺深，長滿了藤類植物，和一些耐於風寒的草木。

這時，山崖有一陣騷動的聲音，「有猴子！」有人驚叫著，我朝山崖望去，確實綠葉藤叢草中，不停的在晃動著，有幾隻猴子正快速的，沿著藤類植物，攀著下降，可能牠們利用沒人時，攀爬到海岸路邊，撿拾人們沒吃完的食物，看到人們來時，又慌忙的攀著下降回去。

遊覽車開始下坡了，也開始脫離海岸路，而行駛兩邊都是峭壁，彎彎曲曲的山坡路，斜坡上很多果園，都已經結果成長中，太平洋慢慢的遠離，經過東澳國小，遊覽車就駛入東澳的部落，遊覽車到了園區的停車場，我們下了車，到了東岳村的湧泉公園，進入ㄇ字型用竹子建造的房屋，有一個入口，園區目前並沒有收任何門票費用，我們進入以後，覺得陽光滿炙熱的，還好兩邊有涼爽的樹木可以閃躲，中間是一大片草原，樹木下有幾個座椅，到了北溪鐵路下，有人去更衣間換游泳衣，到冷泉裡游泳了，我就脫下鞋子、襪子，捲起褲管，坐在溪岸泡腳，覺得清涼無比消暑，看到水質清澈，環境天然純樸，精神就更加的舒暢，我覺得溫度大約在十六至十八度之間，所以不會太冰冷，泡腳就覺得很清涼，而且全身都有涼意的舒服感，因為溪水不深，大人、小孩都在游泳。

而我躲在鐵路水泥高架橋陰影下泡腳，炙熱的陽光照不到，還有陣陣的微風吹來，更加的清爽，東澳冷泉不像蘇澳冷泉那樣具有氣泡，而且富有礦物質，泡著手腳特別有舒壓的感覺。東澳北溪，大約兩百公尺長、寬兩公尺，已成為夏季露營烤肉的最佳選擇，泉水又長年清澈，為全家度假的好場所。有時我走到鐵路水泥高架橋陰影外，可以看到火車飛快的駛過，據說東岳湧泉是於民國八十年代，開挖北迴鐵路雙軌工程時挖出的泉脈，工程處特別將泉水引入東澳溪，後因芭瑪颱風沖擊遭土石淹埋，這次我們到訪戲水的東岳湧泉公園，是後來重整的新面貌。

陽光有點西斜時，我才整理服裝，等其他換好泳裝的人，一起搭上遊覽車，在炎炎夏日能在東澳冷泉，泡了一陣時間的冷泉，真的能讓人暢放身心，暫時解除炎夏的悶熱。遊覽車開始爬上山路後，逐漸隱沒的東澳，是使人懷念那純樸的山野風光，太平洋又慢慢出現了，我又集中精神觀賞著蘇花公路北岸，海岸線的美麗風景。

※更生日報副刊

三合院的感想

舅父住的三合院，屋瓦已呈灰暗色，長了不少青苔，白色的土牆壁，外層已被風雨侵襲的有漆黑的線條或龜裂，舅公用心建築的三合院已幾十年了，經過幾次颱風的吹襲，還是很堅固。

小時候，我喜歡去三合院玩，夏天，三合院旁邊的竹叢或樹木下，茂盛的枝葉搖曳著，我和表兄弟就在那裡玩遊戲，享受著涼爽的清風，也能躲進附近綠意盎然的菜瓜竹棚裡，欣賞好多開放的金色菜瓜花，上面有飛舞的蝴蝶、蜜蜂和小蟲的鳴叫，大人都去田裡工作了，三合院靜悄悄的，有幾隻雞、鴨、鵝在前面的曬穀場上漫遊，也有幾隻鳥兒和蜻蜓在飛舞著。

有一個搖水機，也在竹叢下，只要雙手握著木搖柄，上下搖動就能搖出地下清涼的泉水，雖然地下水帶點黃色，又有點土味，但我們還是愉快的沖洗著臉和手腳，實在涼爽舒暢不已。舅母洗衣服和煮飯、燒開水都是用搖水機的水，「依呀、依呀、依呀……。」搖動搖水機的聲音，在自來水還沒裝到舅父家裡時，有時就會在那三合院邊親切悅耳的響著。

穀亭畚也在三合院儲放農具的倉庫旁邊，沒儲藏稻穀時，我們也會爬進裡面玩遊戲、講故事，或小睡一番，穀亭畚內很涼爽，我喜歡聞那股飄散清香的稻穀味，使我精神提振不少，尤其下雨時，從穀亭畚的進穀口往田野望去，白茫茫的雨像白紗般把綠意盎然的田野緊密的罩著，只有附近的竹叢和樹木還看的清楚，那被雨水淋的枝葉飄搖著，而更加的鮮明青翠。

稻穀收成後在曬穀場曬乾，還沒要賣出去的稻穀就儲滿了穀亭畚，進穀口就用木片封了起來，突然增加的許多鳥兒，雖然欣悅的在穀亭畚外圍飛撲跳躍覬覦著稻穀，卻無法進入用木板和稻草構造扎實嚴密的穀亭畚裡面偷食，穀亭畚也不怕風吹雨打，能使稻穀不潮濕、不變質，那是先人們聰明儲存稻穀的傑作啊。

夜幕低垂時，舅父把牛車停在曬穀場上，牛兒牽進牛舍休息，附近的竹叢和樹木已朦朧一片，遠處的田野已看不出是什麼農作物的形狀，而呈現黑暗景象，只有三合院裡的各個廳堂和房間，點亮著燈火，廚房那裡傳來飯菜的香味，舅母正忙著煮晚飯。

晚飯後，父親帶著家人到舅父家，大人們坐在曬穀場的竹椅上喝茶聊天，小孩子有的在牛車上玩耍，有的就到附近的草埔中抓螢火蟲，還有滿天閃爍的星星和圓圓的月亮，使我們又過了，一次歡樂的夜晚。

※青年日報副刊

筒仔米糕的感想

幾個月以來，父親經營的打鐵店，因為農業逐漸機器化，生意也就愈來愈差，最近有時連下午都沒工作了，以前父親晚上常加班，到了九點多快收工時，阿一伯會擔著木攤在家門口叫賣著：「來買燒的筒仔米糕，好吃的筒仔米糕喔……。」父親大都會叫家人一起吃筒仔米糕，冷冷的夜晚，吃著熱熱的加著香菜的筒仔米糕覺得香味四溢、身體溫暖不少。父親開始憂愁，打鐵店生意收入少，難以維持家裡的生活費，家人吃了晚飯後，就把店門關起來，以前母親有時會帶我和妹妹去鎮內的戲院看電影，已很長一段日子都沒再去看電影了，母親說要節省用錢，不然三餐都有問題了。

「來買燒的筒仔米糕，好吃的筒仔米糕喔……。」阿一伯的叫賣聲依然每晚九點多會在家門前出現，但父親不再買筒仔米糕給家人吃了，我和妹妹都有點抱怨。

後來父親覺得做吃的生意收入不錯，就遠離家鄉，到北部經營吃的生意，每當寒冷的夜晚，阿一伯會擔著木攤在家門口叫賣著：「來買燒的筒仔米糕，好吃的筒仔米糕喔……。」，但是我想到父親自己孤獨的在北部的經營吃的生意，很辛苦的賺錢養家，再也沒有心情想吃那筒仔米糕了。

※青年日報副刊

大圳

從他鄉蜿蜒而來的大圳，使鎮郊的田地，有了灌溉的水源，尤其耕犁稻田時，大圳的水更豐沛，那是上游的水庫放流下來的，有時經過鋪在大圳上面的水泥橋，看那控制水量的三個大閘門前洶湧的水花，有的成螺旋狀迴轉著，還有澎湃的水聲，總使我精神振奮不已。

有些圳水從這裡流入旁邊的小閘門，進入水溝再沿路由農人引入田裡灌溉，大閘門為阿良伯看管，有時他也要留在旁邊的休息室，隨時控管流入小閘門的水量，以充分供應田裡灌溉的需要。有時晚上我從街尾看到大圳那邊，一間孤單的屋影，閃爍著微弱的燈火，就使我想起盡忠職守的阿良伯，白天很歡迎小孩子去找他，會講很多故事的阿良伯，也會買一些零食給小孩子吃。

大圳如果積了太多沙，就會等田裡不大用水時，淨空了圳水，就由工人用畚箕裝圳沙，從圳底沿著搭在圳壁上的鷹架擔到圳岸邊，在清理圳沙的那段日子裡，鎮內的小孩子，就會去圳裡遊玩，有的人從圳壁傾斜的跑到圳底，借著那股衝力，又沿著對面的圳壁傾斜的跑到圳岸上，有的人在剛挖起的沙堆中抓取平常很少見到的小蟲或用圳沙在堆各種造型，使辛苦擔著圳沙的工人也帶來了一些歡樂的氣息。

※更生日報副刊

杏仁茶和油條

我讀國小三年級時，祖父逝世了，早上再也沒有人載我去菜市場吃杏仁茶和油條。

有一次，我夢到祖父把我叫起床，我知道祖父要載我去吃杏仁茶和油條，就很快的走去打開屋門，等祖父把腳踏車牽到屋前，很奇怪，祖父沒有等我坐上車的後座，祖父卻自己很快的騎走，我荒忙的跟著腳踏車跑，並連續大聲的叫著祖父，到了街道的轉彎處，祖父和腳踏車卻突然消失了，我驚叫一聲就醒了過來，我走到天井，看到祖父的腳踏車不見了，也看到屋門已打開，難道祖父真的回來把腳踏車騎走了？當我走到屋外望向街道時，卻看到母親騎著祖父那台腳踏車回來，母親停下車後，我看到車上吊著杏仁茶和油條，母親笑著對我說：以後會常買回來給我吃，要我振作起精神，用心讀書。

我愧疚的想起以前祖父對我的愛護，和母親對我的關心，我跟母親說：對不起，我會提起精神好好讀書，不會使祖父和家人失望的。

※更生日報副刊

五分車的回憶

晨曦剛亮時，我被遠方五分車的汽笛聲，從睡夢中叫醒了起來。

「嗚、嗚．．．，起嗆、起嗆、起嗆．．．。」

五分車輪滑動的聲音也隱約傳來，那是白甘蔗收成的季節，清晨都會從鎮郊傳來的聲音。我打開窗戶看到住家附近翠綠的稻田和一畦一畦的甘蔗田綿延到天邊，五分車就在遠方慢慢的前進，車頭噴出了一縷縷的黑煙，飄向逐漸明亮的陽光中。

假日的早晨，我和住在隔壁的同學一起去田野，想要撿拾人家田裏收成後遺落的蕃薯。在到達平交道時，一輛五分車正好要通過，我們駐足看著五分車的出現，在幾聲的嗚叫後，火車頭慢慢的出現在平交道上，接著一列列載滿白甘蔗的台車陸續的通過。

「嗚、嗚．．．，起嗆、起嗆、起嗆．．．。」車輪的滑動聲是那麼的大聲，我們興奮的仔細聆聽，也睜大眼睛看著那飛轉的車輪和鐵軌接觸的情景。這時，我聯想到小時候祖父用那種前端做成Z字型的長鐵條去推動鐵圈的遊戲，同樣都是利用圓形的滾動以及堅硬的鐵質不易變形的原理。堅硬的五分車和鐵圈，就像堅強的祖父，即使已經七十幾歲了，現在還是在幫著家裡的工作，祖父曾經說：不管人的年紀多大，一定要想辦法活動一下身體，才不會很快的老化。我知道祖父一生辛苦的工作，主要的是想維持著家的興盛。雖然祖父已經退休，但他的精神還是那麼健朗，對於家還是抱持著最大的希望；祖父也像那不斷前進的火車頭，帶動著全家人奔向光明的前途。

我們在蕃薯田裏撿拾人家遺落的蕃薯，大多是小條的或是有些腐爛的大蕃薯，也有枝葉腐壞的蕃薯，要用挖的才能拿到，總有一串大蕃薯被挖出來，它們是被農人放棄的，卻是我們最好的收穫。有些蚯蚓也被犂出田土，牠們在鬆軟的泥土中蠕動著，似乎在歡慶著出土後，能在開闊的田野中活動，不必再躲藏在陰暗的田土中生活。就像假日我們能到田野走動一樣，是那樣的心情愉快。

接近中午，我們沿著兩旁有白甘蔗田的五分車軌道回家，兩條平行的鐵軌下，橫鋪著一根一根的枕木。一直到轉彎處才消失於白甘蔗田中。我們以一段距離做標準，計算著枕木數量，各說出了估計後的枕木數量，再分別站在軌道兩邊，開始一根一根的累計數量，結果兩人預估的數量都不準，還好都離正確數量不多，這樣也是增加數學能力的方法。

鐵道內外舖滿小石頭，走路不太方便，有時我們站在鐵軌上前進，我覺得光亮平滑的鐵軌，是五分車輪長期磨擦的現象，讓我想起了母親使用的菜刀，有時候也要在石頭上磨一磨才能保持犀利光亮。而來往奔馳的五分車也代表農人辛苦種植的白甘蔗豐收，使農人展現了笑容，證實了一分努力，一分收獲。祖父曾說：「做人要經得起磨鍊，要有堅定的信心才有美好的前途，才能過好的生活。」我也深有同感，像那堅硬的鐵軌長期承受車輪的輾壓，不但保持了原狀，在陽光下還閃爍著耀眼的光芒，它綿延在寬闊的田野，這樣的景象可說是壯觀又令人感動。

隨後，我們來到一處採收中的白甘蔗田，看見農人彎著腰舉著鐮刀，朝向白甘蔗的莖部斜切下去，發出「煞！煞！煞！」的聲響。農人快速揮刀之下，只見原本比農人還高的白甘蔗，一棵棵的應聲倒下，後面接著有農人來把倒下的甘蔗切掉根部和枝葉，把一枝枝的甘蔗堆疊起來，然後再一捆捆的綁起來。總有幾個人跟在採收人員後面，撿拾蔗葉，可以拿回去曬乾，綁成小綑狀，那是灶裡很好的燃料，我們發現被切下來的枝葉上有花穗，於是就拿一些回去，放在胯下當馬騎，那飄動的花穗像極了馬的尾巴，煞是好玩；也可以把花穗直接插在門邊、書桌旁、腳踏車上當作裝飾品，或把筆心插進去，寫起字來也頂豪華的。

白甘蔗是不能隨便吃的，那是田主人和糖廠簽約所生產的農產品，白甘蔗必須全數繳回糖廠作為製糖原料。如果有人吃了白甘蔗，被發現是要處罰的。但是，氣味香甜的白甘蔗還是讓小孩子忍不住會去偷吃，有的藏匿在高高的甘蔗叢中偷吃了起來，有的把甘蔗切成小段藏在衣服中或袋中，再帶回家品嚐。甘蔗田的主人也會允許我們在田裏撿拾一些枯乾的蔗葉，回家之後，再把這些蔗葉捆成一小捆一小捆的，放在後院中曝曬幾天，直到完全乾燥後，就可以拿去大灶做燃料。

我們到了一處白甘蔗的轉運站，那是一片空地鋪設了半圓形鐵軌的迴轉道，五分車頭把幾台空台車放在那鐵軌上，等農人把採收好的白甘蔗載來這裏，再一捆一捆的移到台車上擺放堆疊。堆滿白甘蔗的台車如果有五分車經過，先從半圓形鐵軌的一頭放入空台車，再從另一頭倒退進去拉走滿載白甘蔗的台車，那也是農人辛苦種植白甘蔗的移交過程。

我們從田野要轉入通往鎮內的土石路，會經過有載客業務的五分車站。記得那年，祖父曾經帶我坐五分車去別的鄉鎮，在前一天晚上母親為我準備了一雙布鞋，那是前一年快要過農曆新年時才買的，平常都赤著腳的我很少穿，都是出遠門才穿的。那天早上我穿了布鞋，祖父戴著斗笠，帶我走到了五分車站。乘客不少，大家買好了票，站在月台上等車，鎮內的人大多彼此認識，就互相聊了起來。

「火車來了啊！火車來了！」有的小孩子興奮的叫了起來。冒著縷縷黑煙載客的五分車出現了，慢慢的駛進了月台。「嗚、嗚．．．，起嗆、起嗆、起嗆．．．．。」很快的，五分車停了下來，有人下了車，我們才陸續上車。不久，五分車開動了，在田野中行駛的五分車，使我覺得平常靜止的田野在動了，好像演電影一樣，綠油油的稻田一田接一田的出現，稻草人在向我說再見，白鷺鷥在五分車附近追逐著，展現著更優美的飛翔姿態，農人戴著斗笠，彎著腰，辛苦耕種的姿勢更使我感動．．．。

幾年後，客運車業發達起來，就很少有人再去坐五分車到別的鄉鎮。連那收成好的白甘蔗也改由貨車直接載去糖廠。有一次傍晚，我從別的鄉鎮坐五分車回家，三節車廂內，卻只有幾個人坐。沿途的車站上下的乘客，只有一、二位，或根本沒人上下車。搖晃的車廂中，我看著車廂外朦朧的田野風景，在愈來愈暗的霞光中，田野風景逐漸消失於夜色中。我想，五分車也像這田野風景，那樣的命運，會慢慢的被歷史淘汰．．．。

※台灣新聞報副刊

揹巾

小時候，母親揹妹妹時，常用花仔布裁縫接成的長長的揹巾，把妹妹緊緊的綁在背上，繞了很多圈的揹巾最後打個結，妹妹就安穩的靠在母親身上，母親就能放心的工作或煮飯，露出手腳能動的妹妹，也很少哭鬧了，因為那是和母親很親密的時候。

有時母親帶著我和妹妹去外鄉鎮找親朋好友，也是用揹巾揹著妹妹，母親叫我把揹巾的中間張開，托起了妹妹趴在母親背上，然後把揹巾的兩頭拉去給母親在胸前打個叉，我又拉回來在妹妹背後打個叉，又拉回去給母親在胸前打叉，如此動作二、三次後，揹巾變短了，只剩母親能在胸前打結的長度，而妹妹也被揹巾綁得穩固了。

到了外鄉鎮親朋好友的家，被揹了很久的妹妹，需要活動一下筋骨，母親也要休息一下，就把揹巾解下來，也是要在母親身上繞了幾次，妹妹才能完全解下來。

母親從不說用揹巾揹妹妹麻煩、辛苦。而妹妹也喜歡被揹巾綁在媽媽背上，這樣能隨時跟母親在一起，也能跟著母親到處去遊歷，多看看新奇的世界，疲倦了，更能放心的、甜蜜的緊依著母親睡覺啊。

妹妹長大後，那條揹巾就一直放在母親的衣櫥裡，最近母親在清理衣服時，才又拿出了那條揹巾，雖然老舊也踫色不少，但我卻覺得那條揹巾充滿了母愛的光輝，尤其現代人很少用那種長長的揹巾揹小孩，它更是使我難忘的有紀念性的歷史古物啊。

※青年日報副刊

蘿蔔糕

以前住在鄉下，到農曆過年前幾天，母親會去買一些白米回來泡一天水後，就提到家的後院，那裡有一個石磨，已很久沒有動用的石磨，上面佈滿了灰塵，母親先用水清洗乾淨，就叫我用鉛瓢子搖起帶水的米粒入上層石磨的中心圓洞中，母親把套入上層石磨邊圓洞中的三角形木扶把推動後，叫我搖幾次清水進去，不久乳狀的米漿就流入下層固定的石磨的圓形傾斜溝槽，然後集中到一個洞口，慢慢滴落到地上的水桶內。

寒風吹入了後院，母親不斷的推動著石磨，臉部也流出了汗水，母親把那桶白米都磨成米漿後也喘息不已，母親叫我去後院拿枯枝乾葉，去廚房準備炊蘿蔔糕。母親把穿成條狀的白蘿蔔和細肉片、金勾蝦、油蔥，一起放入米漿內攪拌。

下午，母親把大灶起火後，開始滾水的大鐵鑊上，母親擺上了用麵粉袋仔布遮著空隙的竹蒸籠，再把米漿倒進竹蒸籠內，一共有兩層，上面加蓋後就開始炊蘿蔔糕了。

接近黃昏時，母親打開幾次蒸籠蓋用竹筷伸入快熟的蘿蔔糕中試了幾次後才說，蘿蔔糕已經炊好了。

家人吃完晚飯，父親和母親才把冷卻的竹蒸籠抬到桌上，把黏著麵粉袋仔布的蘿蔔糕挪出竹蒸籠，再把麵粉袋仔布拉掉，母親把蘿蔔糕切成幾塊，那是準備過年拜拜用的，而母親從麵粉袋仔布用刀括下的糕屑，就成為我們沾著醬油膏很好吃的宵夜。

※台灣時報副刊

牛墟

舅父養的牛兒，已經老了體力衰退不少，舅父想換一隻年青有力的牛，鄉鎮有一處牛墟，那裡有買賣牛隻，舅父找一個耕作空檔的時間，駛牛車載著表哥和我就往牛墟前進了。

「咖啦、咖啦、咖啦⋯⋯。」的牛車聲，在通往鄉鎮兩邊種有木麻黃的柏油路上響著，這次是沒載農作物，牛兒卻走的不快，不知是否牛兒知道這次是最後一次幫舅父拖牛車，以後就要永遠離開家人了，似乎有了依依不捨的表現？舅父也不揮藤鞭催牛加快速度，我知道這一趟是牛最後幫家人拖牛車，舅父心裡也是感慨不已的，因為牛以前幫過家人許多的農事，尤其牛拖著滿載農作物重重的牛車時，那種賣力喘息的景象，使家人更加對牛隻勤奮的精神的感佩不捨。

暖陽中，寒風徐徐吹來，稻田都已收割完成，有的繼續插秧播種，有的改種其他農作物，田野又呈現生機盎然的景象，我知道這頭牛，經歷過很多次的犁田、插秧播種和收成的運載，我和表哥也曾牽著牛去放牧啃草，或和牛一起下到河裡泡水，度過一段悠閒的時光。常常和溫馴的牛相處，雖然牛是龐大的動物，卻覺得牠很親切又可愛，讓人很懷念⋯⋯。

舅父說這頭牛剛買回來時，工作就一直很勤奮，牛幾乎沒生過什麼病，只有一次天氣太熱，又幾次催牠拖著超載的稻穀而中暑，這隻牛治療、休息了幾天後，又提起精神工作了。但人會衰老，牛也一樣，而做農事是需要強壯有力的牛來幫忙才有效率，這一次要換牛也是不得已的；舅父輕輕的拉動一條連接套在牛鼻銅鐶上的痲繩，並且感嘆不已，牛就點了一下頭，稍為加快腳步，那是舅父和牛長期以來感情的互動模式。

在橋邊的牛墟到了，幾座木寮裡老、中、青的牛都有，也有賣牛飼料的、牛車零件的牛軛等，舅父挑選了一條青壯的牛，也把牠試著拖無輪的牛車或大石頭，那牛都通過了考驗，舅父再仔細的觀察牠的外形，氣色、個性，才滿意的以原本帶去的老牛跟牛販換那頭青壯的牛，再討價還價的補貼牛販一些錢後，我們再撫摸了一下原本帶去的老牛，舅父就驅新牛拖著牛車載我們回去，我看到原本帶去的老牛，銅鈴般的眼睛哀悽的望著我們，牠似乎知道我們跟牠從此要永遠分別了，我坐在舅父愈駛愈快的牛車上，還是不停的回頭看著那頭老牛，一直到轉彎以後。

※青年日報副刊

出海口的感想

出海口有很多魚塭，伯父的魚塭比較靠近海邊，那裡塭岸上有防風的一排一排的木麻黃樹，尤其伯父居住的草寮旁邊，圍繞著五棵的木麻黃樹，長的更加茂盛高大，海風吹來時，樹上枯黃的葉子，就逐漸的被吹落，有的飄到寮頂上，有的就落在樹下的沙土上。

獨自在海邊經營魚塭的伯父，會覺得孤寂無聊，就常喝著米酒解悶，但長期喝酒的伯父後來眼睛泛黃曾經肝炎發作過，治療好後卻又繼續喝酒．．．。有一次我和從北部回來的堂哥去看伯父，我在那五棵木麻黃樹邊，還看到一大堆的空酒瓶！寒冷的海風不斷的從寮外吹來，伯父喝了一大杯米酒後，說這樣比較溫暖，才帶著我和堂哥，拿著魚網和竹籃去魚塭撈魚。在寮外比較明亮的光線下，伯父泛紅的臉上，眼睛卻又有點發黃了，我知道伯父的肝炎又發作了。

魚塭裡波動著水紋，伯父愉快的說魚兒已長大快成熟了，再半個月以後就可以捕撈賣出去了，我們很快的捕撈到幾尾肥大鮮活的魚兒，裝在竹籃裡，就提入草寮後的廚房裡煮了。

伯父開始在廚房殺魚，堂哥也點燃著灶裡的火煮飯，我在大灶旁邊用竹扇扇著火，也把一小捆一小捆的木麻黃葉子放進大灶裡當燃料，記得上次我和父親來找伯父時，我在寮外木麻黃樹下檢了不少乾燥的葉子，綁成一小捆一小捆的，就成了大灶的備用燃料，那時伯父煮飯時，乾燥的木麻黃葉子，燃燒的很旺很順；但是今天中午下過雨，因葉子潮濕，燃燒慢又不斷飄起濃濃的黑煙，使人鼻塞眼紅的，使我又想起患了肝病的伯父，不就像下雨變的潮濕的木麻黃葉子，變的不易燃燒般的沒有活力，而使人感傷不已・・・。

人有健康的身體，才有快樂的生活，不管做什麼事才有勁，也不管他年紀有多大啊・・・。天色逐漸昏暗時，伯父點燃了三盞電土石燈後，伯父已做著煎、煮、炒、炸的各種魚料理，最後用中藥燉著魚，伯父說要等一陣子才會入味好吃，叫堂哥注意火候，就騎著腳踏車說要去鄉內買酒。半小時後，堂哥和我站在草寮前面，往黑漆漆的遠處看著伯父回來沒？不久，一台亮著燈火的腳踏車，沿著塭岸彎彎曲曲的騎過來，明亮的月光下，伯父隱約的出現了。

一會兒，腳踏車停在草寮前，我們把半打米酒和二包落花生、幾罐罐頭拿進草寮裡。今晚吃鮮魚大餐，伯父愉快的喝著酒，堂哥又提出要伯父去北部一起住在一起的事，因為喜歡熱鬧都市的伯母已和堂哥住在一起，而在幫別人照顧小孩，但是背負一些債務又習慣住在寧靜鄉下的伯父，除了養殖魚塭也沒其他技能賺錢，喝醉酒的伯父也就大聲的斷然拒絕了。

那晚堂哥和我睡在伯父旁邊，閃爍的電土石燈光中，我聽到草寮外面的木麻黃樹葉被海風吹的更大聲「咻、咻、咻．．．。」的作響，也有海浪的聲音傳來，我想到伯父平常一個人在這荒涼的海邊養殖魚塭，實在是太孤寂了，我又不能常常來陪伴他，就一直翻身睡不著，一直到魚船出海補魚，「剁、剁、剁．．．。」的船槳聲出現後我才逐漸的睡著。

第二天早上六點多，我們吃了早飯，堂哥和我就離開了伯父，我們看到溫暖的陽光把出海口照的亮麗不已，奔向海裡的河水潺潺流著，而入港的魚船，也「剁、剁、剁．．．。」的從出海口那邊傳來船槳的聲音。我在想出海口總是使人充滿了希望，不管奔向海裡的河水，或是入港的魚船，都是物換星移的一種過程，就像沒其他技能賺錢的伯父，為了還清一些債務又習慣住在寧靜的鄉下，就孤獨的在出海口養殖魚塭，不久，出海口從我的眼眶消失時，我的心裡還是感慨不已。

※中華日報副刊

牽牛花的季節

伯父打鐵店前面三角竹棚上，開滿了紫色的牽牛花，翠綠的枝、葉、藤也茂盛的生長著，我和小玩伴躲在竹棚下乘涼，我們摘了一些牽牛花和枝、葉、藤，玩著炒菜煮湯的遊戲，也摘下了一小段帶花的枝、葉、藤，前後打個結，互相掛在玩伴的脖子或手上，當做裝飾品。

有時我和祖母坐在牽牛花的三角竹棚下乘涼，聽到「起起喀喀、起起喀喀……。」伯父和工人打鐵的聲音很有節奏的傳來，打著煉紅的鐵塊，不斷噴起的點點炙紅色鐵屑，有的黏在他們流汗的身上，但是伯父從來不喊痛。祖母說牽牛花是伯父種植的，牽牛花有堅韌的生命力，不需怎麼灑水施肥，就能長的很好，就像伯父不需祖母費心，國小畢業後就自己去學打鐵的技術，幾年後就開起店來，使家裡的生活過的很舒適。

十點多，賣碗糕的流動攤販推到了牽牛花的竹棚邊，「吃燒的碗糕喔、吃燒的碗糕喔……。」流動攤販主人的叫賣聲不斷傳來，伯父就請工人休息吃點心，也叫祖母和我一起吃，祖母和我只吃了一碗就飽了，伯父和工人各吃了三碗，伯父笑著對我說：「你要多吃幾碗，身體才會強壯啊。」我身體比較瘦弱，伯父平常鼓勵我多讀書，希望我以後看能不能找到比較輕鬆的工作，不要做像打鐵這麼粗重的工作，但是我知道伯父因為打鐵辛苦很費力，所以才多吃幾碗碗糕補充體力啊。

牽牛花的枝、葉、藤從三角竹棚邊一直延長到打鐵店的屋柱上，更盤旋長到屋頂上，黑瓦上也開放著好多的牽牛花，祖母說這是好現象，在呈現著伯父打鐵店的生意興隆的徵兆。

牽牛花沒有什麼香味，只有枝、葉、藤飄散著一股沃野的味道，但我還是欣賞牽牛花不管環境多惡劣，總是克服困難而長的欣欣向榮，紫色的花朵雖小，卻認命的一起長在同一條延伸的枝、葉、藤上面，好像好多的牛用一條長繩子綁在一起，呈現出辛勤能吃苦的集體精神，就像伯父為了維持家的安定生活，認命而辛勤的做著打鐵的工作。

農業機器化以後，伯父的打鐵店生意卻逐漸沒落，後來打鐵店的收入實在很難維持家中的生活，就在一個牽牛花盛開的季節，伯父舉家遷到熱鬧的都市裡，另找適合的工作，親朋好友在牽牛花棚前送著伯父一家人的離去，牽牛花依然盛開，但時代的進步，使伯父的打鐵店生意衰退而結束營業！牽牛花啊，好像在祝福伯父一家人到都市後，也能像牽牛花不管環境多麼惡劣，都能克服困難，而生活的很如意。

※青年日報副刊

南山

從宜蘭開車要到武陵農場，都要經過南山，也是中途重要的休息點，只要經過一條橫越蘭陽溪的水泥橋，就逐漸進入南山的山區了，車子開始行駛在崎嶇不平的山坡路，山坡地逐漸出現了高麗菜圃，一顆一顆的高麗菜，很有秩序縱、橫交錯成列的種植著，一直延伸到山崖邊。

菜圃邊堆了一些肥料，也有鐵皮水塔儲存的山泉水，因為沿著路邊，有很多各類粗厚的塑膠管，交疊延伸到很遠的山上，大概是要接取下雨時，山上大量的水流，用水管接到各處菜圃的鐵皮水塔，所以儲存的水，經過自動灑水器，就會定時灑水，高麗菜圃都是隨著山坡，起起伏伏的，跟山下平坦的田地不大一樣，感覺有一點立體感。我看到有從羅東到南山的客運車，算是偏僻的路線，也是南山對外唯一的交通管道，也有經南山、武陵農場到梨山的客運車，那班次就更少了。

開車到南山比較熱鬧的地方，有點陰暗的天氣，就開始飄起細雨了，我們就停車休息，兩邊有幾間雜貨店，老闆很親切的招呼，路邊也有在販賣現採的高麗菜，幾乎所有的車輛都會在這裡停車休息，因為從南山上下山，要找到一處適合上廁所或吃點心的地方，距離都很遠的。

這裡的店或住家，一邊離山很近，可以看到山上綠意盎然的樹林和草叢，也有一些竹叢幽雅的飄逸著，山霧也時而瀰漫在山林間，一邊離山崖邊也很近，可以說這裡是山上比較平坦的地方，如果晚到的旅人，這裡也有民宿，住一晚也是很有山居的樂趣，雖然沒有什麼娛樂場所，但是能脫離都市的塵囂，吃一些鄉土風味餐，體會一下山野生活，也是很好的享受。

我走到一家雜貨店後門，看到種植的花草，在細雨的滋潤下，更顯得鮮麗欲滴，隔著蘭陽溪的遠山，層層疊疊的，在細雨中更加聳峻翠綠，而起起伏伏的高麗菜圃，在雨霧中時隱時現，高麗菜的故鄉～南山，高麗菜的綠，高麗菜吃起來的脆嫩，就像南山那樣的純樸，空氣的清鮮，還有濃濃的鄉土人情味，是值得讓人留連的地方。

※更生日報副刊

在故鄉的五分車

幾十年前還住在鄉下時，清晨剛清醒就隱約的聽到荒野傳來的五分車氣笛聲，天空還朦朧朧的一片，五分車已開始忙碌的載著田野收成的白甘蔗要去糖廠，也有兼營載運旅客的業務，班上有的同學就從十幾公里遠的鄉鎮搭五分車來就學。

五分車比台灣鐵路局的火車小，速度也比較慢，沒分快慢車等級，所以每一站都停，在那偏僻的鄉下算是很好的交通工具了，雖然設備和服務沒台灣鐵路局那麼好，班次也沒那麼密集，但是對我們來說已經很方便了。假日我和同學喜歡去離家很近的田野採野花，抓水溝裡的小魚、泥鰍或用竹竿綁著透明尼龍繩，繩尾再綁著小青蛙或蚯蚓，就可以釣青蛙了，我們會經過五分車的平交道，有時會遇到路兩面放下柵欄讓五分車通過，這時不斷的傳來「起恰、起恰、起恰…」車輪和鐵軌磨擦轉動的聲音，就這樣載滿白甘蔗的一節節台車就從眼前經過，那些白甘蔗都是農人辛苦種植後收成的，要載去糖廠才能賺得到生活費，而糖廠精製後，市面上才有經濟實惠的各種品項的糖供應大家食用。

最近回故鄉五分車已停止載白甘蔗和客運業務了！我和同學延著還沒拆掉的鐵軌走著，回想著可能是故鄉後來汽車客運四通八達或貨運業也蓬勃發展，所以鄉人就改搭汽車客運了，而種植白甘蔗再製糖也沒有那麼大的經濟效應，所以也很少人種了，最後很多糖廠都不再製糖，製造機器停止運轉，轉而經營別種行業了，外縣市有的轉型成為觀光載客列車、還有賣各式各樣具有傳統而便宜的冰棒…，時代總是會逐漸進步的，有些舊式的生產方法會因應生活型態改變而被淘汰，但糖廠的五分車曾經對農人和社會的貢獻，我是永遠難以忘懷的。

※更生日報副刊

海邊的流戀

海風涼爽的吹來，在這春寒料峭的季節，溫暖的陽光從海面那邊照到海岸，沙埔上的草叢綠油油的一片，尤其一些小花也開的欣欣向榮，而迎來許多的蝴蝶採蜜飛舞。聽到有節奏的海浪聲，似乎在歌頌著美麗的景象，看那出海捕魚的船隻，好像一幅立體生動的捕魚圖。海灘的細沙也閃爍著點點金光，起起伏伏的沙灘，形成了海岸迷人景色，海浪捲到沙灘上又退回大海裡，重複中有各種動人的氣勢姿態，使我感覺人生不也是每天在重複同樣的生活，雖然平凡但是同中有異，而且每天都有不同的境遇，也都是朝著完美的理想前進。

好多黃色的蝴蝶成雙結對的飛舞，這個溫馨的季節不只捕魚人喜愛，蝴蝶也成群的來享受和風煦日，不像惡烈的冬季吹著冷冷的東北季風，很難得有暖和的陽光出現，那時海邊很冷清，只剩一些強韌的小草在寒風中搖擺著，幾乎看不到什麼遊客……。附近有一座燈塔，那是晚上才會發出亮光指示船隻回航入港的訊號，那是一年四季不停的，不論風雨天每天晚上直到天明都不歇息的，也代表漁夫勤勞奮鬥的精神，在白天燈塔屹立不搖的在海邊，雖然沒發出燈光，卻也增添一種激勵人心向上的景象。

海邊在每年的春天蝴蝶都會飛來，這種季節才有如此清心悅目的景象，蝴蝶帶來春天的氣息，也把春天舞弄的多采多姿，蝴蝶如果是多情的人，那春天就是蝴蝶的戀人，雖然一年才有如此的季節才有相親相愛的時候，蝴蝶也心滿意足了，陽光、海風、海鳥在為他們祝福，悅耳的海浪聲吹奏著浪漫樂曲，蝴蝶點綴著海灘，似乎把海灘染上美麗的色彩，更增添它們迷人的戀情。在它短短的生命能體會到豐沛愛情的滋潤，尤其在這海浪綺麗，又開滿花朵和風煦日的日子，在他的生命中是很難忘懷的啊！

※更生日報副刊

耕作

在幾十年前，牛車在小鎮是農人耕作農作物必需的交通工具，厚木製造的車體，厚鐵皮包的圓木車輪，牛車前面左右連接活動式的兩根斜落地面的長木拖把，尾端還用小麻繩綁著牛頸狀的粗藤器，只要把牛兒拉到兩根斜落地面的長木拖把中，兩手用力扶起牛頸狀的粗藤器起來，用一腿輕推牛身前進，就可以把粗藤器掛在牛頸上，駕駛牛車的要領是拉動牽制在牛鼻上的長麻繩，「待、待、待⋯」的吆喝幾聲，牛車就能逐漸的駛向前去。

春耕時牛車載的是犁田的器具、茶水、點心、菅芒草等，有時候假日我跟舅父戴著斗笠一起去田裡，到達田地後，舅父先把牛兒脫離了牛車，叫我牽去一棵樹邊把麻繩綁在樹幹上，讓牛兒休息一下，舅父先把那些犁田的器具、茶水拿到田頭上，叫我和去他喝了幾杯茶水後，舅父就拿起鋤頭，鋤鬆比較難犁到的邊角田土，我也拿起了牛車上的菅芒草去餵食牛兒，看到牠已沒有剛到時的喘息聲，似乎牠的疲累也減除了，餵牠吃菅芒草也嚼的津津有味，使我欣慰不已。陽光愈來愈亮，舅父叫我把牛兒牽過去，舅父已流出了汗水，我們又喝了幾杯茶水後，舅父豎立著犁具，把連接著的兩條麻繩尾端綁的牛頸狀的粗藤器掛在牛頸上，拉動牽制在牛鼻上的長麻繩，「待、待、待⋯」的吆喝幾聲，牛兒就開始前進，犁具也直線的犁開了田土，鬆散的小土堆中，一些小野花和雜草都被翻入了鬆散的土堆中，那也是田裡一種天然的肥料，也有一些蚯蚓露出了土面在蠕動著，比較不幸的是被犁成兩段身軀還在蠕動的重傷蚯蚓！看起來使我感傷不已！但是也看到牠們強韌的生命力。我拿著一隻木棒跟隨舅父後面，只要看到不大鬆散的土堆，就用木棒敲散，偶而會遇到蛇、蜥蜴、蜈蚣攻擊過來！也能當防身之器。

雖然春風還很涼爽，舅父犁了一小時多的田已汗流滿身，我們坐在田埂休息喝著茶水，舅父拿起斗笠扇起風，我去牛車上拿了一些菅芒草餵牛後，也去拿小鉛桶從田埂邊的清澈的溝水搖一桶過來，拿起一隻竹製灌水器，先提起水桶把灌水器充滿水，在拿起來伸入牛兒的嘴巴裡，牛兒就很愉悅的連續的喝水解渴了，我看見已經犁鬆的田地開始出現了白鷺鷥，牠們以美妙的姿勢慢慢飛翔下來，長長的腳輕踏在田土上，長長的白色的脖頸幽雅低垂到田土上，撿食著可口的食物，大概是田土犁鬆後出現的一些蚯蚓、小生物、爬蟲類等，反正生物要生存就有求生的本能，總是要付出一些精神和體力或代價的。附近有的已經犁好的田地，已灌滿了田水，在陽光照射下映出了波鱗狀的水光，那也是農人初步耕作的結果呈獻啊！

日正當中，舅父的田地已犁了約三分之二，下午犁完田後就可以放田水了，舅父把犁具、鋤頭等搬到牛車上，我又餵牛兒吃了一些菅芒草後，把牛牽去給舅父使牛頸套在粗藤器上，拉動牽制在牛鼻上的長麻繩，「待、待、待…」的吆喝幾聲，牛車就逐漸的駛向前去，從有兩道凹陷車輪痕跡的狹小土石牛車路，顛簸的轉向路兩旁種有木麻黃涼爽而平坦的柏油路。回家路途雖然覺得疲勞，但田地耕作總是有了一些進展，心裡感覺就值得安慰了，尤其木麻黃中傳來麻雀吱吱喳喳的啼叫聲，提振了不少精神，春天萬物都是欣欣向榮，舅父準備種植的秧苗，也會長大成為稻米，那是舅父勤勞工作的希望，也是維持一家生活的依賴。

※中華日報副刊

堅強

幾十年前父親在故鄉經營農具店失敗後，單獨到台北三重經營麵攤的小生意，勤儉的父親從早上九點多到菜市場補貨，回家清洗蒸煮一日準備賣的食材，吃完午飯後，略為休息一下，就提著食材去附近的十字路口邊的麵攤，開始一天的生意了，在上下班時間或晚上九點宵夜時間以後，煮麵、切菜料、端麵、端菜料給客人、加上洗碗筷使父親忙得不可開交…。大約到了深夜一、二點沒什麼客人了，父親才慢慢收攤回家睡覺。

為了省錢父親租一處老舊土腳厝的小房間，空氣中帶有土霉味，電扇的風都吹不散。父親只有過年才休息回故鄉，平常都是按月寄錢回家給母親，有一次暑假母親帶著我和妹妹去找父親，看到父親已面黃肌瘦！我想可能是父親長期疲累又熬夜工作，沒有休息的日子，加上居住環境品質又差，而導致病魔纏身。母親決定和妹妹去幫父親經營麵攤的生意，妹妹轉去三重讀小學，我繼續留在故鄉讀中學，我高職畢業後也去三重附近的工廠擔任職員的工作，那時父親已積勞成疾，罹患肝惡性腫瘤！住院開刀治療似乎沒什麼療效！父親不想再花那麼多的醫藥費，也想在往生前能回故鄉和親友再聚一聚，再親近故鄉的美好自然風景，就決定回故鄉用一些偏方療法看能不能挽回一命…。

每當我假日回故鄉探望父親時，看他瘦骨如柴，顫抖的雙手還是要盡量完成他能達成的事，他語氣無力的說：「阿爸還可以做很多事的，可惜已沒時間去完成了…。」我看著父親被病魔折磨變樣的身體，眼神卻充滿不屈服的無奈感！一直到父親往生那種眼神常常在我腦海中出現，那不只是父親一生為家的付出，更是父親為人處事，堅守理想堅強的精神，永遠讓我敬佩與懷念。

※更生日報副刊

強壯

一入到新兵訓練中心，跟在工廠辦公的方式都不一樣了，集體標準的動作要求，理光頭、穿著綠色軍服、準時起床，睡覺、也是動作迅速的盥洗，班長叫人只有個人編號，從社會各個行業，一時集合起來的二十歲左右的年青人，突然要改變個人的生活習慣，一時之間也很難適應。

體能訓練更是一大考驗，不像在學校的軍訓課那麼輕易過關，我的鄰床有一位編號三十六號，平常工作只動筆，整天在辦公室，下班後也少運動，長的肥胖肚子凸出不少的，他的動作比較慢，常常被班長處罰伏地挺身或交互蹲跳，他說在公司或家裡都吃的很好睡覺前都有吃宵夜，訓練中心的飯菜剛開始他有點吃不下去，統鋪木板集體睡的床，前幾夜他都煎熬很久才睡著。

在新兵訓練中心，好像使我又回到了童年時代，每天正常睡眠，與大地為伍，常見藍天白雲心胸開闊不少，時常接觸樹木青草，聞那泥草自然的香味，精神更是振作不少，以前同伴玩的道具現在是真槍實彈；我發現連集合場邊一棵芒果樹剛長出小芒果，綠色的小芒果不就像我們著上綠色軍服的小兵，我想我們和小芒果都會勇敢成長的，不管風雨多麼惡烈，上天不會絕人之路，一枝草一點露，小芒果一定會長大的，而我們也會通過種種的訓練。

幾週的訓練課程後，我終於能爬到竹竿頂了，吊單桿也能達到標準要求了，跑三千公尺的運動場也不會那麼累了，只是鄰床三十六號的同學似乎還要加強努力，值得安慰的是他瘦了下來，飯也吃的不比別人少，上床時很快的就睡著了。訓練最後幾週，要準備上級的考測，鄰床三十六號的同學終於都能完成各種考測標準的要求。連長、排長、班長鼓掌祝福我們完全考測成功，我擡頭看到了小芒果也長大了，它是經歷風雨的考驗，而我們是經過長官耐心的教導，和自己意志力的堅持，才有更強壯的身體，更加有正確而堅定的人生觀。

※更生日報副刊

異地見聞錄

十幾年前到福建省的鄉下找親戚，清晨從桃園機場，坐飛機到香港等了二小時才轉機到福建，親戚開了一台九人座的老車，載我們往海邊的漁村，由熱鬧的機場愈開愈往落後的鄉村，從柏油路開到了顛簸的沙石路，尤其沒有綠紅燈的管制，很多車輛又在十字路口橫衝直撞，常常遇到車輛大打結，直到荒涼的郊外車速才比較順暢，也看到了一大片種植的花椰菜，金黃的顏色滿柔美動人的，有幾個農人正忙著採收，堆疊了一整台鐵牛車，接著載往那古老的土角厝，這裏的建築物跟台灣差不多，有時還可以看到更古老的房屋保留了下來，應是明、清時期的建築物，在這裏地廣人稀，生活水準落後，能住的老屋就勉強住，也沒有經濟能力去拆有歷史價值的建築物改建新屋。

天色愈來愈黑，風愈來愈冷。車子經過一處漁村，就像電影的「水上人家」，一條河流兩岸倚靠著漁船，有現代馬達動力式的塑膠筏，也有古意盎然的帆船，車子經過一座弧形的糯米混土彩繪的老橋，河岸兩邊更清楚的看到有人在卸魚獲、捕魚網、煮食物，炊煙裊裊漁村生活也另有悠閒快樂的一面。

閩江已到了，澎湃的江水聲很雄壯，寒冷的江風更吹得使人身體發抖，因為要等渡江的輪船，我們除了去一處沒有門的地方上廁所，就一直躲在車內，一個賣李仔糖的舊衣老漢高舉著一支上面綁著稻草，分散插著沾著糖漿的李子，他好像不怕冷風的向我們叫賣著，算起來價錢比台灣便宜，吃點甜的也能增加熱量抵抗寒冷，就買了幾支大家吃，看他一直點頭感謝的模樣，可知在這窮鄉僻壤生活不好過，要賺點錢更是不容易…！好大的輪船來了，車子就直接開上去，機車、人、物品分別停在不同地方。輪船開出了寬闊的江面，同樣的閩江不知載過古今多少有名人士和販夫走卒。捕魚的各種漁船和運貨的鐵殼船也來回忙碌穿梭，看起來閩江也熱絡不已，快靠岸時我看到了一座八、九層的古塔屹立在江邊，大概也有幾百年的歷史，充滿古典雅緻的建築風格，漆著綺麗動人的中國傳統色彩，真使人賞心悅目。

車下了渡輪又繼續趕路，這時已夜幕低垂，視線已模糊不清，農田黑朦朦的一片，車子開了燈光才能順利前進，經過一處村莊，沒有路燈屋裏的人只點著五燭或十燭光燈泡在照明，只有少數的用一二盞小日光燈，看出這裏的貧窮和落後缺乏電源，所以只有收音機的聲音，幾乎看不到電視。這裡的土石街路凹凸不平，人影隨時會衝出來！所以車子很小心慢慢的開，到了村外才加速度的前進，到了一處加油站，車子要加油，雖然更冷了大家還是要下來上廁所，也要活動一下筋骨，因為從機場坐車到現在已經很久了，有點硬的沙發椅還有顛簸的路程，屁股實在也坐的不太舒服，十幾分鐘後車子繼續上路，不久開始爬坡繞山路，星月雖然高掛美麗，但愈往山上冷風悽涼呼嘯著吹來愈加凍的受不了！

山區漆黑一片幾乎沒有人住，連來車相會也很少，只聽到車子吃力爬坡的引擎聲，經過了一處大轉彎，車子突然大震動一下！就停下來熄火了，在這荒郊野外寒風襲人的暗夜，更使人感到徬徨無助，司機憑著多少修車累積的經驗，下車在寒風中打開引擎蓋，十幾分鐘後終於啟動車子了，不然也難以叫到修車廠的人來，最糟糕的是大家已經疲累了也餓了，萬一修不好難道要在這車裡又寒冷又餓過夜！

車子下山了，山下有點點閃爍的燈光，但不像台灣都市那樣的燦爛，親戚說最後那排燈光是漁港的照明燈是最亮的，而且不會受到限電限制的，因為視情況家庭用電會被限制使用的！…再過了半小時才有零散的民宅出現，大多還是點著五燭或十燭燈泡在照明，隱約聽到船笛鳴放的聲音交互傳來，親戚的家終於到了，這裡是山坡邊土石的街路凹凸不平，也沒有路燈設備，人影隨時會衝出來！所以剛才沿路車子很小心慢慢的開著，到了舊瓦屋前，另外幾個親戚早在老式木門前迎接我們進去。

他們講的是福州話，待人很親切，看他們是以捕漁維生的，生活純樸衣衫也不講究，在這異地冷冷的冬天使我感覺到「比台灣更冷！」他們裹著粗俗的棉襖，這晚主人熱情的請我們品嚐了當地現撈的各種海鮮，和大陸的名酒。使我們忘記了一天的旅途勞累，當地沒什麼宵夜娛樂場所，所以酒足飯飽後，各自盥洗後就睡覺了。

在那裡三天，沒有什麼風景區好玩，只有走訪親友、去港區看一看出入的漁船載魚回來，或鐵殼船忙碌的運貨，比較有趣的是去海邊海釣，當地沒有污染容易釣到魚，魚獲也十分新鮮活跳；也能觀賞到幾百年前的古建築物，就像台灣有的地方也保留一些古蹟或廟宇，建築風格和台灣很相似，可以印證台灣人的祖先是從福建那裡遷移過來的。而在一處靠海的親友家，有人帶著我們走到臨近海灘，陽光普照海風吹來也不會很冷，他指著遠處隔著海洋的一座小島，說那就是台灣的金門！原來我們旅途勞累了一大圈，才知其實福建到金門那麼近，到台灣本島是不用那麼奔波勞累，走直航可以省很多時間跟金錢的，金門島在海濤中屹立不搖！象徵著台灣人民奮發圖強的精神，雖然大陸親戚的生活還很落後，相信在大陸經濟逐漸發展後，落後鄉村生活和環境品質也會逐漸改善的，我心裡暗暗祝福他們生活能過的愈來愈富足。

清晨三點多就準備回台灣了，九人座的中型車又載著我們離開那純樸的漁村，車子上了迴轉的山坡已上午五點多了，山霧濛濛陽光還未出現，只見一個揹書包的赤足小學生爬著山坡吃力的走著，車燈剛好斜照到他有一點蒼白的臉龐！送我們去機場的親戚說這裡的小孩上學都要走二三小時的山路才能到學校，我聽了感動不已！以前我雖然住在鄉下，但到學校頂多走二三十分鐘而已，他還要爬山路在這寒冷的冬天赤著腳！

金黃的陽光出現了，車子也排隊準備上渡輪過閩江，江風不斷的吹來，車子坐久了想出來活動一下筋骨，一下車才知冷風刺骨的滋味！寒流加上江風的助威，幾乎很少人下車，我大約動了一下手腳，想開門上車時，從後面傳來一種胡琴彈奏的哀慟音樂，一個包著粗糙布巾穿著破舊棉襖的彎腰老婦，就接近了我用那裂皮的瘦弱指頭，繼續彈奏著哀怨的曲調，並且示意要討錢的意思，我身上沒有人民幣零錢給她，只好趕快上車關上門，我看她還是契而不捨的站在車邊，曲調愈彈愈悲悽，送行的親戚說不給錢她是不會走的，而且給太少也不會走，於是就適度的給了她幾元人民幣，她似乎不大滿意，但她看到後面還有幾台車，也就去找下一台車討錢了。

大陸鄉村落後的地方，使我想起幾十年前的台灣生活景象，那時大家也是過著清苦的生活，而靠著人們同心齊力的努力工作，不怕辛勞的打拚，經濟才能逐漸起步，生活才有所改善，才造就今日繁華的社會榮景。所以人只要肯努力奮鬥都會改善生活的，閩江的寒風好像吹醒了我，我們不能忘記過去早期台灣人民任勞任怨、腳踏實地的奮鬥精神，現在安居樂業的生活，是我們辛苦換來的！一定要好好的珍惜，保持祖先傳統的美德，創造更美好的未來。

※更生日報副刊

粽葉飄香時

農曆五月初，天氣轉熱了，郊野的竹叢葉子也長的十分翠綠，風來的時候，人們躲在竹叢下很涼爽，母親叫我摘一些大竹葉回家準備包粽子，母親先用水洗淨，披散在屋外的長木椅上，等黃昏曬乾後，先用小麻繩綁起來。第二天一大早母親就去菜市場買糯米、蝦米、三層肉、蔥頭、鹹蛋、水煮落花生等回來做為包肉粽的材料。

端午節前一天晚上，家人圍坐在客廳包肉粽，先學母親教怎麼折包肉粽的初步形狀，再先放一些糯米後把炒過很香的蝦米、三層肉、蔥頭用湯匙挖一些進去，接著鹹蛋、水煮落花生酌量放下去，再放一些糯米鋪滿空間，大竹葉包成肉粽形狀，從竹扁擔懸掛的一叢小麻繩拉一條出來把肉粽綁紮固定就算完成了。

端午節一大早，母親已在廚房煮肉粽了，屋內不時傳來飄著肉粽的香味，我知道那是和著竹葉炊煮出的特殊香味，一年一度的端午節有屈原愛國故事的傳說，也有划龍舟的活動，也是一年三大節日之一，離鄉背井奮鬥的人也會回來和家人團圓，吃著家人親手包的粽子，充滿親情團聚的溫馨。

端午節各家門前都會掛著艾草去邪，也會喝雄黃酒解毒防蟲害，俗話說：不過端午節不收棉被，古老流傳下來的風俗習慣是很有道理的，預防重於治療，尤其現代惡毒的流行病蔓延，在夏天更需要加強預防被感染…。粽葉飄香時，使我體會母親對家辛勞的無怨付出，使家人能享受親情的歡樂，有使人懷念屈原愛國的故事，在這時節提醒大家對衛生問題的加強重視，才能過一個真正有意義快樂的端午節。

※更生日報副刊

愉悅的休閒

以前的歌曲都是由收音機、黑膠唱片、電視台收聽來的，無論國、台語都有一些相當使人回味的經典之曲。歌詞大多描寫純潔愛情、祥和社會、鄉土風情、勵志、溫馨小故事等。雖然也有一些悲傷、江湖味的、反叛的……但畢竟是少數。

早期錄製的歌曲是由有專業素養的歌手和樂師同心協力、很有默契、耐心、經過無數次的失敗、錯誤中才矯正過來辛苦的成果。歌詞老舊都有，國語老歌可以聽到中國近代的人情事故、各地風光的描寫也十分動人、城市山海的特色配合愛情故事、出外為前途打拚、或為國出征難分難捨的情節、等待伊人光榮回鄉的期待心理等，聽來都絲絲入扣、動人心弦。

歌詞大部份講究押韻，就像早期詩詞講究優雅的韻味，像歌仔戲的七字仔、都馬調等也是唱出韻味的戲曲，一般對於人家的婚慶生日祭拜時，也是盡量說出有韻味的語調來表示文雅或趣味性。

台語老歌大部份曲源自於日本，日本歌曲以前就深植於台灣五十年，原本就好聽的日本歌曲，經過作詞者填入動人的歌詞，大多配合台灣情調、風俗習慣、溫柔的愛情等詞句，使歌曲唱出來能引起共鳴而餘音繚繞，使人回味無窮，從收音機、電視台聽了幾次就能哼唱幾句，如果更有興趣的話可以買黑膠唱片，或後來的錄音帶、CD片回來跟隨歌手的歌聲練唱，更認真的人不用看歌詞就可以整首歌都唱出來了。

早期出去遊覽，或開同樂會、婚禮等，都會要求會唱歌的人出來唱幾首助興，不管有樂隊伴奏或清唱，總會獲得不少鼓掌聲，也帶動了現場歡樂氣份，反而不大會唱歌或沒興趣唱歌的人，如果被抽到或被硬推舉要唱歌，那是有點痛苦而避之唯恐不及的！確實有些人也是很有興趣唱歌，但是天生五音不全，再怎麼認真學習練唱也是唱的不好聽。

科技的進步，樂器的改良，音響和錄音的電腦化，有歌詞字幕和悅人的伴奏音樂就被建置在電腦播放記憶體了，那是音樂界的一大進步，使想唱歌的人可以隨時按照歌曲的號碼點來唱，有歌詞字幕的幫助和悅人音樂的伴奏，以前想唱對歌詞又不大懂，現在可以好好的唱，心更能完全融入歌曲的意境，真正體會唱歌的感受，而在歌詞的改變，由老歌詞演化成新風格，或受外國現代流行風潮的影響，譜曲作曲作詞也就跟隨時代轉變，以迎合現代人的口味。

後來卡拉ＯＫ開始在街坊出現，有歌詞字幕和悅人的伴奏音樂，只要對某首歌弦律了解，就可以上台演唱了，在卡拉ＯＫ店裏大家多喜歡唱歌，不管誰唱歌都會得到熱烈的鼓勵掌聲，在那裏也可以學習新歌，可以說無形中彼此互相交流學習，新歌也會愈唱愈多首了，其實每月卡拉ＯＫ店都會灌新歌，新歌是學不完的，也就是吸引客人的條件之一，而舊歌、日本歌、英文歌等也是有特別喜愛唱的一些人，更專門的是全部唱原版的日本歌的卡拉ＯＫ店，那種音響播放機器就比較高級了，客源也比較固定，而他們對基本的日文造句唱法多少要懂一點的。

卡拉ＯＫ店也成為人們休閒愉樂的好場所，休假日、慶生會、同學會等，三五好友或全家人就可以在那裡聚會了，不管大人小孩都可以哼唱幾首歌，不管好不好聽，反正能快樂或舒發情緒就好了。店內也提供食物飲料酒類，燈光設備也五光十彩閃爍亮麗，尤其夏天也是避暑的好地方，由於生意愈來愈好，經營成本也不太高，所以卡拉ＯＫ店愈開愈多，幾乎一條街就開有幾家，競爭之下消費也就便宜了，有的從早上十點唱到下午六點附送茶水才收一百元。所以無論個人或幾個朋友有時間就去卡拉ＯＫ店練練歌，日子快樂就好了。

也有一種投幣式的點唱機，大多為投十元就能唱一首歌，這種是完全自助式的唱歌方法，只要投入錢按下歌曲編號，投多少錢就唱多少首，是機動又方便唱歌方式，不受時間空間所限，也是現代忙碌社會的娛樂速時唱法。

現在出去遊覽，也會開放卡拉ＯＫ時間，使旅客歡唱渡過漫長無聊的旅程，反正有卡拉ＯＫ的歌詞字幕和悅人的伴奏音樂，旅客就敢唱了，多人唱的時候還抱怨唱得太少了，這跟以前害羞上台唱歌差很大，大概現代人工作情緒壓力大、社會風氣改變還有便利的卡拉ＯＫ店普遍，從電腦可以聽歌手唱新舊歌，而且可以隨時練唱，種種助唱因素好容易學唱也就敢唱了。平常也已經唱習慣，所以唱歌也成為旅行之中不可或缺之一了。

有的人要使歌藝更精緻進步，也就去社區加入歌唱訓練班，師資有現職或退休歌手，也有一些樂師擔任，大約歌手拿手歌藝，樂師拿手樂理和演奏技巧，如果歌手也是樂師的話，那師資是比較好的，有些人有歌唱天份想成為專業歌手變成以後的亮星，那就要經歷個人班的嚴格訓練，學習費用比較貴的。團體班的訓練比較便宜，但歌唱功力進步比較慢，總比沒有經過訓練過的人唱的總是比較好聽，畢竟有經過老師說明歌唱要領和指正過一些歌唱的重點。

歌唱比賽也到處可見，無論政府機關、廟會、公會、電視台、電台等，只要一舉辦就有很多人參加，不管獎金獎品怎麼樣，總是人山人海、熱鬧不已，參加比賽不管男女老少，每個都是唱得忘情而陶醉不已，舞台雖然不大，氣氛也很感動人的，唱歌是祥和的，只有鼓掌聲沒有暴戾之氣！也能加強人們的感情溝通，唱歌也是一種很好的腹部運動，更是舒張情緒的一種好方法，從歌詞中也可以體會感情、勵志、愛國、江湖味、忠孝節義、山川壯麗等的描述，在悅人樂曲的伴奏下，更使人如痴如醉的愛上唱歌了。

※更生日報副刊

上山

遊覽車駛出了市區，就沿著小丘嶺的起伏的山路前進，路上的人車變少了，二、三層的水泥磚壁樓房是這裡比較高的住屋，還有古舊的土角厝和一層的老瓦屋，屋主飼養的雞、鴨、鵝，任由牠們在屋邊、山丘邊遊走，屋主也在空地上小區的種植著蕃薯、落花生、各種蔬菜等，也有九重葛和一些美麗鮮豔的花草，檳榔樹不斷的出現，從屋邊種到了山丘上，是比較突出的山丘植物，外觀很優雅，果實也成串的長出來。

經過一處加油站，遊覽車停下來加油，我們也下車上廁所、休息，郊野的空氣清鮮，前面是溪流，有人種植西瓜就採摘放在路邊販賣，也有人在旁邊販賣蔬菜跟許多種的山產農作物，西瓜主人很慷慨的現切一顆西瓜請我們試吃，由於賣價不貴，很多人整顆的買下來，十幾分鐘後，大家把買好的西瓜和山產農作物放置在遊覽車下層儲藏室後，遊覽車就開始駛進崎嶇不平的山路，經過一處收票站，繳了門票錢，遊覽車又繼續前進。

今天的目的地是海拔約二千多公尺高的宜蘭太平山遊樂區，不久遊覽車就一直的加油爬著陡峭的山坡路，有時急轉彎後又爬坡，剛才行駛過的山路，很快的變成下層彎曲的山路，遊覽車愈往上駛，往車窗外看，山路層數愈來愈多也愈高，而山底下的人車、房屋、山林等逐漸變的愈來愈小，視線感覺愈來愈寬遠，使我想起經過一處地名「土場」的景點，那裏有放置早期的山林小火車軌道和運輸木材的台車，展示太平山以前是開採木材的山林地；偶爾路邊也會出現巨大的樹木，可能也有幾百年的樹齡，也有幾隻罕見的鳥類在枝葉上跳躍飛撲，還有成群的各種蝴蝶在路邊的野花草上飛舞，這都是往山上旅遊才看得到的美景。

※更生日報副刊

蘭陽溪

遊覽車從宜蘭往東方的郊區，沿著寬闊的蘭陽溪岸行駛，一直沿著山坡邊前進，剛開始溪岸不高，可近距離的看到枯水期溪床上，一些清澈的小水流，綿延不斷的流著，它們似乎使蘭陽溪還保持著一點生機，漸漸的山有高有低，而起起伏伏的山路，有的離溪岸很高，有的急轉彎，尤其遇到會車時，坐在車裡覺得有點驚險！還好綠意盎然的山野，使人舒解不少緊張的心情，只有經過小村落，才有比較寬闊的陸地，看到穿著純撲的鄉野村莊的人們，和老式傳統的房屋，他們似乎過著，日出而作，日落而息的農村生活，離宜蘭愈遠後，就有原住民部落，他們的住家，有的就建築在山坡上，只有販賣的商店靠近路邊，有的還穿著原住民傳統的服裝，讓人覺得很有親切感。

遊覽車在一處販賣山地特產的商店休息，也順便讓乘客上廁所，這家商店賣當地生產的茶葉、糕點、落花生，請大家試吃，我覺得確實有特殊的香味，有很多人買，大家也到附近看看，放養的雞鴨，小池塘裡活動的魚影，果樹翠綠色，那還沒成熟的果實，山嵐就在近處的山頭飄動，我的心情更加的舒暢，把久坐遊覽車的身軀，也放鬆了不少。遊覽車再行駛了半小時後，突然減速下來，很快的就停止，我從車窗斜望出去，原來有一片大山坡，被大雨淋的土石大量塌落！幾個工人身體分別吊在從山頂上垂落下來的一條大尼龍繩上，正在做著用水泥補強山壁的工作，而下面有幾台混凝土預拌車，不斷運轉著，想辦法供應水泥和一些器材到山壁上，使他們才能順利工作，而在山壁工作的他們，就像電影上的蜘蛛人，斜攀或斜立在山壁上移動著，不但要克服懼高症，還要完成山壁補強的工作，說起來也是辛苦勞累又危險的工作！遊覽車等了十幾分鐘，山腳的水泥工程車工作告一段落，才挪出一線大車的車道，在有人單向行駛的指揮下，遊覽車再等五分鐘，等對向的車子都通過後，才小心的駛離，那泥濘不堪的救災現場。我對他們不計危險和辛勞，為了能使交通順暢，能快一點雙向順利通行，而努力的工作，實在很感謝他們默默付出的心力。

遊覽車經過往桃園大溪的北部橫貫公路的起點，也經過棲蘭森林遊樂區的山坡下，蘭陽溪岸兩邊都是翠綠的山，也延伸出許多美麗的景點，和公路的起點或必經之路，遊覽車轉過一條水泥橋，一邊是通往太平山風景遊樂區，一邊是通往高麗菜的故鄉南山，遊覽車繼續往南山方向行駛，路邊竹林變多了，有時就整排依著車旁，而快要接觸的滑過去，在比較平緩的山坡地，有人用竹籬圍著放養土雞，讓牠們有充分的活動空間，木瓜樹也時而出現，現代人青熟木瓜都吃，也是養生的好水果，我往溪岸那邊看，有挖成池塘大小狀，鋪上厚塑膠布，灌滿溪水後，就養殖鱒魚，也有怪手在比較高的溪床上，在攪鬆推平溪土，可能要種植蔬菜，住在這荒郊野外，也只有如此以天然資源作根本，求取基本的生活，不像在大都市能作買賣生意，或去工廠工作賺錢，他們雖然過著清淡的生活，卻有新鮮的空氣，溫馨的人情義理。

簡單的鐵皮屋也是蘭陽溪岸邊常見的簡單建築物，那是當地人到溪岸附近工作時，臨時的休息場所，但是溪流暴漲時，或颱風來襲時，鐵皮屋就會被破壞掉，還好搭架鐵皮屋快、價錢也不會太高，不然會成為他們一大負擔。

蘭陽溪岸兩邊，綿延著翠綠的群山，總是有一些零散的村落，蘭陽溪是不孤獨的，還是有人們以它為伴，蘭陽溪的美，使人陶醉不已，蘭陽溪的寬闊，使人心胸開朗不已，可以讓人忘掉世俗的煩惱，蘭陽溪的綠意盎然，更是使人覺得世界是永遠充滿生機的，所以蘭陽溪是使人很想嚮往親近的。

※更生日報副刊

山坡上的芒草

去姨丈的家，要爬一段彎曲的山路，沿路的山坡上，長滿了翠綠的草叢和各種鮮艷的野花，而好多的芒草更是突出的滿山遍野的長著，冷風中，芒草上面的花穗，在暖陽下搖曳著，而呈現一片一片白茫茫的動人美景。

記得姨丈以前在都市裡做生意，也是賺了不少錢，但每天都很忙，晚上常常要去交際應酬，而酒喝的醉醺醺的才回家，後來姨丈得了肝炎，就結束了生意，在山上買了一片地，搭了一間小木屋，種菜也養雞，煙酒也戒了，每天早睡早起，和姨媽清靜的過著生活。

我走了十幾分鐘的山路後，遠遠的看到姨丈正在菜圃裡摘著長得綠意盎然的青菜，姨丈看到我來愉快的站起來，搖動著握在兩手裡的菜葉，我覺得姨丈在冷風中飄動的白色的頭髮，好像芒草上面的花穗，握在兩手裡的菜葉搖動著，也像芒草被風吹動的枝葉，姨丈毅然的離開忙碌的生活，和酒醉金迷的生意，來山上雖然過著平淡悠閒的生活，但精神和身體上卻變的健康愉快。就像芒草大多長在荒郊野外，不靠人們的施肥和灌水，人們更不會把牠們移入屋裡養殖或殖成盆景欣賞，但是只要有空曠的地方，芒草就能長的欣欣向榮，而姨丈的精神就像芒草那樣的使人感動啊。

※更生日報副刊

收舊貨的人

幾十年前住在鄉下時，每天上、下午阿出伯總會牽著一輛載滿舊貨的腳踏車，沿著路邊走著，偶而一手搖動著他自製的鐵罐擊打器，發出「匡啷、匡啷、匡啷……。」的悅耳聲音，並且大聲的喊著：「買壞銅、舊錫、簿仔紙、酒干、雞毛哦，買壞銅、舊錫、簿仔紙……。」

只要有人拿舊貨出來賣時，阿出伯就會把腳踏車停下固定好，不久，附近想賣舊貨的人就陸續走過來。阿出伯拿起稱秤吊著秤錘就開始秤起舊貨的重量，他嘴裏說出幾斤幾兩後，就正著臉色，好像在腦裏算了一下單價乘以重量後，很快的就說出總價，一般人賣舊貨都不會去計較賣價，只要不要太離譜，阿出伯說出了價錢就算，有些人會以賣價換阿出伯自製的麥芽糖加餅，那是大人、小孩都喜愛吃的零食，小孩子圍著腳踏車後架上放著的一個長方形的木箱，阿出伯打開木箱蓋子後，裏面有一個裝著麥芽糖的圓鉛罐，旁邊排著一個長方形鉛罐，裝了一些餅乾，接著也是長方形鉛罐裏裝著一堆小竹片，阿出伯拿出一支小竹片，插入麥芽糖裏挖起了一小團，就把帶條狀的麥芽糖絲尾完全捲起後，再拿起兩片餅乾夾上去，麥芽糖加餅的美味零食就完成了。

「匡啷、匡啷、匡啷……。」鐵罐擊打器的聲音響起後，阿出伯推動腳踏車，嘴裏又大聲的喊著：「買壞銅、舊錫、簿仔紙、酒干、雞毛哦，買壞銅、舊錫、簿仔紙……。」

阿出伯又往下一個點去買舊貨了，阿出伯把舊貨買回去，分門別類的集中好，再賣給中盤商，最後給製造商買去做原料製造新的產品，阿出伯可說是資源回收的發動者，不然鎮人那些要廢棄的舊貨，將成為不易腐化的垃圾，日積月累也是可怕的數量，會造成使人擔憂的惡劣環境。

有時我會去阿出伯舊貨的集中場，買一些舊書，古早的物品，總會使我有意外的發現，我好像挖掘到寶，而以便宜的價錢買了下來。

※青年日報副刊

冬天的林景

說秋天「疏林如畫」，一到冬天則畫面逐漸消失，而更加稀疏了。走進了冬天的樹林，落葉積成堆，腳踩上去軟綿綿的，發出「囉吱、囉吱」的響聲，像是同伴隨行的腳步，都能透過林間空隙看到對面的行人。我是從地上的各種腳印看出來的，林中隱藏了許多秘密，這裏發生的一切都留下了可供分析的信息。

可是春夏秋這裏會發生更多的事情，人的、動物的、人與動物的，而我們所能看到的，卻只有季節的變幻與草木的枯榮。

其實更神秘、給人更多猜想的就在這三個季節。比較起來，冬天則更單純、更簡潔、更明快，也更使人平心靜氣。說「境由心造」，說「江水風月本無常主，閒者便是主人」，這要你覺得這個世界是美麗的，它就會還你一個驚喜。

我不禁還是為這些，頑強的葉子們感到驕傲，看那冷霜壓枝頭，青蒼蒼、濃鬱鬱的是樟子松，那眨著迷人笑眼，直立挺拔，傲視群雄的是白樺，那精瘦枯幹，長著一頭亂髮，藏著精巧鳥巢的楊柳。看那柞樹葉子還沒掉呢，還是呈土黃色，無精打采的，已經不那麼耐看了。

在山裡捕野雞、追野兔、採野果…，都很有趣，甚至很浪漫。大山，果真是一個廣闊天地，與世隔絕又和具有靈氣、野性和年輪的樹木在一起，人的思想一下子被淨化，心胸和視野也豁然開闊起來。

冬天是自然界中，萬物養精蓄銳的時候，當然包括樹木。我想，它們只有在積蓄了足夠的能量以後，才能在這適者生存的環境裏，再為增加一個新的年輪而生長。這個冬天已經過半，但願這些樹林們能在這無人打擾的時候，安心寧靜的的好好休養生息。

※中華日報副刊

太武山美景

到太武山下，大家就知道太武山不是好爬的，有些老人家就決定只在山下走動一下就好。確實剛爬坡時就很陡峭，大家都氣喘連連，年紀大的人沒多久就停著休息了，彎曲的山路，卻也長滿樹木，也不斷傳來悅耳的鳥啼聲，蟲蟬的鳴叫聲更傳遍山野，大家在加油聲中，好不容易的爬到了緩坡，空氣逐漸的清鮮，我看到前面的山路有點起伏，也不再那麼陡峭，心裡就輕鬆不已。

尤其愈來愈動人的山上景色，似乎安撫了大家對剛開始爬山時的煩躁情緒，就愉快的彼此談話，到了山頂「毋忘在莒」的勒石附近，大家上去瞻仰一陣子，記得早期曾發行過太武山的的郵票，其雄壯的姿態，使人感悟當時總統用以勉勵全國軍民同胞記取歷史教訓，能創中興復國的契機。

我們繼續去參拜海印寺，這時雲霧飄起，翠綠的山林像披上了一層薄白紗，呈現出了朦朧美感，天氣變的涼爽不已，看那山谷成為一片雲海，一時之間疑為到了仙境……。

還好只是下一點小雨，我們清清爽爽的走入了海印寺，經過寺前兩座增建的「龍樓」和「鳳閣」，才進入寺內，香火鼎盛的海印寺建於宋代，因當時的太武山岩石累累，一看有如印章而得名，明兵部尚書盧若騰在「重建太武寺碑記」中寫著：「海上各島，浯洲最著，諸島名山，太武最著」，浯島及太武山能為最著名，其來有因也。海印寺現已成為佛教觀光勝地。古寺使我靜思，了悟名山靈氣的奧妙，也是旅遊的一種精神喜悅收穫。

大家下了太武山，在植了不少樹木的山下坐著休息一陣子，已接近黃昏，有些鳥兒已歸巢，大家在蒼茫的枝葉中欣賞著鳥兒的忙碌景象，卻也帶著歡欣的團圓啼聲，那是感人的時刻，總會想起小時候，家人在黃昏回家團聚的歡樂時刻。

今天在碉堡用晚餐，樸素整潔的紗門餐廳，以前是長官和士兵們用餐的地方，還有牆壁上的精神標語，和一些駐防軍隊的日常作息記錄表單，使大家體會了軍中用餐的滋味，和紀律嚴肅的生活。有點悶的碉堡裡只有電風扇吹著，大家也吃得愉快不已，我們真的很想體會駐守前方戰士的生活，感念他們刻苦耐勞勤儉的生活，那是很值得大家欽佩的。

※金門日報副刊

貢糖與落花生

落花生在小鎮是一大經濟農作物之一，因為它的果實是在田土裡成長，所以也稱為土豆。清明節時落花生已長了翠綠的枝葉，雖然生的低矮，農人在田野廣闊的種植，看起來也是很壯觀的。

蜜蜂、蝴蝶、蟲兒、小蟬、小鳥也是會在落花生叢中飛舞，落花生生長在微凸嶺狀的田土裡，比較不怕颱風暴雨的侵襲。收成時，一字排開的農人，負責二嶺落花生，要彎腰雙手用力拔落花生，田土裂開的聲音後，整串的落花生果實就出土了。

農人接著把連根的落花生果實拔起來，放入竹簍裡，就可以提去給田主人了。農人是以天計酬，或以收成幾斗，再乘以一斗的收成價計酬，我們跟在農人後面，撿拾他們採收遺漏的落花生，或著用鐵鏟，從爛叢挖出剩餘的落花生。

幾天內，在落花生田撿拾不少的果實。先在空地上曝曬幾天陽光，給母親剝掉落花生外殼，再用細沙炒或用油炸，都可口好吃。我也會留一些落花生，等母親煮完晚飯後，鋪一些在大灶的餘燼裡，等它烘熟再剝開吃，也是一道美好的宵夜。

金門的貢糖，主要原料也是落花生。金門特殊的土質與氣候，以及得天獨厚的水質，種植出金門俗稱的土豆，其土壤顏色偏紅，故稱紅土花生。我吃過的口味有：原味花生，原汁原味的花生，口感香脆，不油膩，讓您越吃越順口；蔥辣花生，添加特選辣椒、蔥與花生搭配起來，口感特好，花生本身的香加上辣的提味，讓人回味無窮；鹽酥花生，適合較重口味的朋友，其結合恰到好處，口感香脆，不會過鹹，越吃越好吃；蒜香花生，經由蒜的提味，使花生的香更濃郁，口感香脆，更讓人愛不釋手。

※金門日報副刊

金門的勝景

風和日麗的上午，我們想巡禮金門以前的勝景，就騎著腳踏車，到了位於金沙官澳北端的馬山觀測所與播音站，想先來個軍事體會，大家停好腳踏車，就提起精神走入種了不少木麻黃樹的國軍駐防隱密地點，走入了兩旁高大而整齊的木麻黃樹枝葉影裡的小路，一下子涼爽不已，聽那被風吹動的枝葉聲，也是滿悅耳的。警衛的士兵依然嚴守崗位，也淡淡的微笑歡迎我們的參觀。我們進入觀測所的坑道裏，雖然狹小卻筆直，也乾淨。沒有想像中防空洞的陰暗潮溼，或有一些醜陋的小蟲、蝙蝠出現，坑裏空氣暢通，連霉濕氣也幾乎聞不到。可見坑道裏面平常都有在維護與保養。在觀測所的終點是一處臨海的山壁裏，能用望遠鏡看到隔岸的中國大陸的陸地，甚至人、屋都能看到，在兩岸還沒開放探親的戒嚴時期，從這裡看大陸是很好的地點，有人說馬山觀測所是金門本島靠大陸最近的據點，國軍裝設有大型的望遠鏡，能掌握大陸海空的動靜。

我們走出了坑道，看到了一面「還我河山」的精神教育大牆壁，可見以前戒嚴時期反攻大陸的神聖使命使人肅然起敬。我們也看到了馬山播音站，又有人說那是金門本島以前對大陸施行心戰喊話的最前哨，透過擴音器，能動人心志，往往能達成不戰而屈人之奇效啊！

已接近十二點了，我們就把腳踏車騎到木麻黃樹影下，拿出大家早上準備好的午餐，愉快的享用著，鳥聲陪伴我們，木麻黃樹蔭下很涼爽，吃午餐也是很愜意的！

我們吃完午餐，休息了一陣子，我們想要觀賞金門的傳統聚落、樓高厝美、水悠風采，就繼續騎著腳踏車到山后民俗文化村的十八棟厝，到了一處依山向海，連厝成村的閩南式大古厝前停了下來，停好腳踏車後，我們走入厝間地面逐漸升高的小巷，而慢慢看到，古厝呈棋盤狀整齊排列，優美狀觀的全景，各建築物大都呈現泉州式的白砌牆、交趾陶的壁飾雕琢的斗拱、橫向的隘門等，都有很值得用心觀賞的地方。

我們用了一小時多參觀後，就去附近的樹下吃蚵仔麵線，現採的鮮蚵和金門手工的麵線，使大家都吃出了特別的金門風味。我們在古厝前的涼亭坐著欣賞附近翠綠的鄉野風景，不遠處有零散的一般住家的傳統老式古厝，有一點破落的殘景，還是有人住著，雞叫狗吠偶而傳來，呈現純樸的鄉居生活。半小時以後，天空聚集的黑雲愈濃，幾聲響雷後，下起了大雨，有人說雨不會下很久，確實半小時以後雨成為朦朧細雨，我們再巡視了一下十八棟厝，在雨霧中，十八棟厝更使我們感覺到，好像充滿古樸人情的金門桃花源景象。

※金門日報副刊

斗笠

用乾竹葉和細竹片編製成的斗笠，輕巧又透氣，大舅父戴上它可以遮陽光，下雨天，穿上雨衣，斗笠就成雨帽，斗笠不分男女老少，都可以戴的，因為很早以前，斗笠就是以那種單一的形式流傳下來，頂多女農夫，在斗笠上面再綁著花巾，而增添一些美麗的色彩而已。

大舅父的斗笠已經戴了半年多，竹葉有些都翹了起來，而且有一股臭汗味，但是大舅父到田裡都戴著它，大舅父似乎把斗笠當第二生命，夏天，在樹下休息時，就拿起斗笠扇著風，也是一種舒解身心勞累的方法。小雨中，斗笠也能幫大舅父擋住雨水，繼續田裡的工作，在大太陽下，斗笠更能幫大舅父遮住炙熱的陽光，沒風的田裡，大舅父就拿起斗笠扇著風，輕巧的斗笠也能產生不少的清風。

斗笠底部是圓形，上面是金字塔空心形，所以戴起來輕盈又涼爽，戴新的斗笠還有竹葉淡淡的芬香味，好像吃粽子的味道，因為都是竹葉的產品，而包粽子的竹葉是經過煮過，比較有竹葉的清香味道，而斗笠則是，在太陽下曝曬，或在風雨中淋漓，但是竹葉都保有堅忍的性質！也不失去它淡淡的芬香味。

大舅父回家時，都把斗笠掛在客廳的牆壁上，大舅父三合院白石灰糊的土角壁，又漆上了土黃色，和斗笠顏色差不多，本來大舅父年輕時白皙的皮膚，幾十年在陽光下耕作，已經被曝曬的成土黃色，所以大舅父回到家時，身體跟斗笠、牆壁，幾乎是同一顏色，但是大舅父那是付出了多少辛苦，流出了多少汗水，而把白皙的皮膚，曝曬成土黃色的顏色，想起來是使人感佩的。尤其斗笠用舊了，可以換新的，但是大舅父年紀愈來愈老，身體逐漸的退化，病痛也跟著而來，卻無法恢復年輕勇壯的時候，這是讓人覺得感傷的……。

※金門日報副刊

在台北博狀元餅

最近旅居台北地區的金門同鄉，在金門人阿魚「顏國民」的熱心號召下，舉辦了金門傳統習俗「博狀元餅」的活動，就在萬華的大元書局，很熱鬧的展開，雖然空間不大，二十個人坐圍著木桌博狀元餅，雖然大家年紀大多五、六十歲左右，卻更呈現趣味融洽笑聲連連，好像又重拾了以前年幼時，在金門家鄉博狀元餅的純樸樂趣……。

最近出版「阿魚隨想集」的阿魚，十幾天前，已從金門本地預約兩組博狀元餅的餅組，當天下午阿魚和幾個人，從幾天前金門寄來的餅組紙箱裡，分別拿出狀元餅（一個）、分平餅（兩個）、三紅餅（四個）、四進餅（八個）、二舉餅（十六個）、一秀餅（三十二個），整齊的排列在木桌上，並以紙牌標示著，以求原鄉原味。

參加活動的金門人都很熱心，分別帶有茶具、茶葉、柚子、各式的點心，和幫忙佈置會場，二點多，阿魚拿出一個大碗公，裡面有六個骰子，活動就正式開始了，大家輪流甩骰子，分別得到「一秀」、「二舉」、「四進」、「三紅」、「分平（又稱對堂）」的機會，當然揹龜的人也有，而愈後面的獎項，得到的機會就愈少，這跟手氣和機運是有一點關係，這也是統計學的問題，而輪流兩班次甩骰子，因為要給晚到的人，有博一次狀元餅的機會，但是卻沒有人博到「狀元」，最後只好都以那一位，用骰子甩到最高等級當作「狀元」的發獎賞出去，不然要等到真正有人甩到「狀元」的骰子，搞不好要等到半夜，甚至沒有機會。

大家又在回憶和討論，博狀元餅在金門至少已經流傳了三百多年，也是中秋節當天的活動，骰子戲只是巧妙的轉化成鼓勵進取功名的遊戲。博狀元餅那六個骰子分別代表古代科舉制度中的狀元、榜眼、探花、進士、舉人、秀才等六階級。每凡中秋節，家人朋友團圓圍坐，不免摩拳擦掌玩上一把，一舉中「狀元」的趣味，既有趣又富寓教於樂。

傳統的博狀元彩品，為大小不同的月餅造型，狀元餅是由酥油麵皮、豆沙餡作成薄薄的餅身製作而成。博狀元餅的禮品依時序而改變，口感甘醇可口，演變至今，為了方便蒞臨金門的遊客參與，連香酥可口的貢糖、享譽中外的高粱酒、可口延壽的麵線、可貼可擦可泡茶的一條根、蘊藏戰史的砲彈鋼刀、旅遊好幫手的旅遊資訊等，都成了現在金門縣中秋節博狀元餅的彩品，金門縣的特產推銷，在各種節慶上，都是盡量的推出展售。

雖然我們沒有在金門博狀元餅，但在台北舉辦，還是具有濃濃的古早味，很使我難忘，雖然現代人都吃精緻的餅，尤其年輕人對於「博狀元餅」的傳統習俗，和歷史淵源，已逐漸淡忘，金門縣政府還是努力的推廣這項活動，那是很特別而具有意義的啊。

阿魚在台北主辦的博狀元餅的活動，一直到五點多才結束，雖然時間不長，而能在歡樂中回憶歷史，是很難得的，更是讓金門鄉親，能在台北提前聚會愉快的過中秋節。

※金門日報副刊

金門的高粱酒

我跟金門朋友聚餐或參加新書發表會後，都會小酌一下，大都喝金門高粱酒為主，好酒喝下肚，精神一放鬆，話題就多了，話金門的過去、現在、未來，雖然很多人都已搬來台灣，但是友情、思鄉之情都不變，而且愈來愈濃，而一年三大節日很多人一定會回去祭祖住著幾天，那也是對祖先的崇高敬意和報恩。

我有位幾十年的老文友，他兼金門日報的外派記者，有時要台灣、金門兩地跑，在文學上也是有名人物，曾在大報得過報導文學獎，所以台灣主要的新聞，他都能第一手傳遞消息給報社報導，所以他都能掌握台灣、金門的訊息。

有時我們聚餐或參加新書發表會後，他都會拿出放在手提包，隨身攜帶的金門高粱酒，我覺得他好像把鄉愁隨時帶在身邊，想念金門時，三餐都可以喝，以解鄉愁啊。大家把他帶來的酒喝著，覺得很香醇，幾乎沒有嗆辣味，他才說這是放了十年以上的金門高粱酒，大家就多喝幾杯，但是有的人醉了。

古代文人喝酒就比較有意境，例如：

余光中在〈尋李白〉中曾經這樣寫道：「酒入豪腸，七分釀成了月光。剩下的三分嘯成劍氣。繡口一吐就半個盛唐。

當理想與現實發生衝突和矛盾後，古人常常借酒澆愁，希望在酒的酣醉中麻醉自己，升華到酒醉的狀態，獨享暫時遠離現實的超然。這方面李白為最。李白愛酒，這是人盡皆知的，尤其是那首〈將進酒〉，更是千古絕唱──君不見黃河之水天上來，奔流到海不復還，君不見高堂明鏡悲白髮，朝如青絲暮成雪。人生得意須盡歡，莫使金樽空對月。天生我材必有用，千金散盡還復來……呼兒將出換美酒，與爾同銷萬古愁！這是何等的豪邁，雖然宣講的都是及時行樂，但細細品味其中的韻味，不難看出李白把心中積鬱的苦悶付諸於酒中，發洩於詩中，一句「天生我材必有用，千金散盡還復來」實則是詩人心中揮散不去的懷才不遇的感傷。

古人喜歡喝酒，喜歡和朋友約在一起暢飲闊談，一起遊覽亭台樓閣，「醉別復幾日，登臨遍池台。」這句話出自〈魯郡東石門送杜二甫〉，是唐代偉大詩人李白於公元 745 年寫給偉大詩人杜甫的一首送別詩，全詩以情動人，以美感人，充滿了深情厚誼與詩情畫意。「醉別復幾日，登臨遍池台。何時石門路，重有金樽開。秋波落泗水，海色明徂徠。飛蓬各自遠，且盡手中杯。」沒有幾天便要離別了，那就痛快地一醉而別吧！兩位大詩人在即將分手的日子裡捨不得離開，可見李白對杜甫的深厚友情，不言而喻而又傾吐無遺。

我們喝金門高粱酒，都是不加水的，能喝到他放了十年以上的金門高粱酒，把金門的思念都喝下了，大家對金門的鄉愁也更濃了，金門來的酒，那種是以前在金門曾經歷很多人情事物，而喝金門高粱酒，話題就講不完了，不管人情事物和高粱酒，到現在還是那麼讓人感到香醇難忘，還有在金門的一些產品，在台灣上市，不管是什麼，都會引起金門人的鄉愁。

※金門日報副刊

大海邊

低矮的土角厝，是二伯父在海邊經營魚塭住的，厝頂上已積了一些，旁邊幾棵木麻黃樹飄落的葉子，有的已乾燥枯黃，父親帶我去找二伯父時，也是魚塭快要收成時，我們在寒風吹襲的下午到了二伯父那裡，二伯父剛好打開了木門，準備要去尋視魚塭，變的比較瘦的二伯父，招呼著我們進屋裡坐，沒陽光的屋裡有點陰暗，但是比較溫暖，二伯父說這次魚塭雖然能大收成，還是沒法還清欠人的錢，我知道二伯父的魚塭是租來養魚的，收成後的魚賣掉，扣掉租金，實賺的錢也就不多了。

二伯母為了幫二伯父還債務，就帶著孩子去北部的都市，投靠親戚家工作賺錢，沒什麼技術的二伯父，就孤單的在海邊經營魚塭。不久，二伯父帶著我們出去巡視魚塭，海風把魚塭水吹起了陣陣冷冷的波紋，就像二伯父充滿愁悶皺紋的臉，肥大的魚偶而躍起水面，翻了一下魚肚，才又潛入魚塭裡，這時才看到二伯父愉快的笑容，因為二伯父孤單的養殖著魚塭，好不容易的等到魚兒長大成熟，就像父母把孩子養大那樣愉快的心情。我們繞了魚塭岸一遍，已接近黃昏，二伯父用漁網往魚塭裡撒下去，不久捕到了三尾活跳跳的鮮魚，放在竹簍裡，說晚上就吃鮮魚大餐了。

我去木麻黃樹邊，撿起飄落枯黃的葉子，拿到瓦屋後的廚房，二伯父和父親在微弱的燈光下，正在煮晚餐，木麻黃樹枯黃的葉子，也是很好的燃料，二伯父說要去街市買酒和罐頭配料，就騎腳踏車出去了，父親把那三尾魚料理成三吃後，天色已經全黑了，我就坐在瓦屋門口，等二伯父回來，夜晚的海邊除了蕭蕭的海風聲，還有隱隱傳來的海浪聲，二伯父就這樣度過孤獨的日子，實在要有很大的毅力！二伯父回來了，我看到一盞閃爍的腳踏車車前燈，沿著縱橫交錯各家養殖的魚塭岸，彎彎曲曲的向瓦屋而來，二伯父困苦不屈服的精神，不就像那盞車前燈，一直在黑夜海風吹襲下前進，而不會熄滅的！

※金門日報副刊

思鄉

在故鄉，我嚮往著遠方的都市。總是以為遠方的都市更樂鬧，那種霓虹燈和高樓大廈，吸引著我，都市的人比較開放；總是以為遠方都市生活會更精彩，在夢中那豔麗的生活，揚著滿身的快樂。真應了那句「一顧傾人城，再顧傾人國」。總是以為遠方有我的夢，身在故鄉卻以為都市的月兒更圓，那清一色的煙雨在低訴，小橋流水淘洗著傘下的夢。晚遊的人啊，你看到了什麼?我一定要去看一看，在皎潔的圓月下看一看，也許能拾得太白的一縷碎夢。不要任何人相陪，獨自去遠方拾一縷夢。

在都市住幾十年後，我又思念著遠方的故鄉，我思量春天故鄉的草坡開滿了野山菊，那淡紫色，黃色的小花昂著小臉望著太陽。躲在花下的戀人們悄悄地唱著情歌，追逐的蝶兒飛來飛去；夏天稻穗沉甸甸的閃著金色的光芒等待著收割，從山谷深處飛來的布穀鳥，一路嘹亮的唱著歌。故鄉的布穀啊，你一聲叫我的心就醉了。布穀啊，可以的話我做你的一根羽毛，帶我飛吧!我要把全部的故鄉裝在我的眼睛。讓我看到故鄉的小河，它淺淺的清澈著；秋天，野山棗在家鄉漲紅了臉膛，孩子們提著自己做的布袋，在滿山滿野跑動著，看誰摘得多。多少孩子的饞嘴都是有那酸甜的野棗吃。鄉愁中就回到故鄉，回到故鄉多住幾天再奔向遠方。

我愛遠方，更愛故鄉!愛遠方就去遠方，尋夢它還在。愛故鄉就回故鄉，故鄉的模樣卻不似從前，我回來已進步不少？兒時的玩伴不見蹤影？我的青春歲月也消逝了。

※金門日報副刊

金門的蚵仔麵線

我們參觀完金門的山后民俗文化村的十八棟厝，剛好看到附近的樹下有一攤賣蚵仔麵線的就在那裡做生意。我和幾個人就走過去，跟著排隊人潮。我就看著那兩個挑動式的木攤，還滿古老的，可能是從祖先留下來的做生意的木攤。

我看老闆舀著蚵仔麵線放入碗裡，一面說：「蚵仔清早現抓的，保證新鮮好吃。」輪到我拿到滿碗的蚵仔麵線，我付完錢後，就去樹下坐在椅子上吃。我吃了幾口，覺得蚵仔很新鮮。麵線在金門大都是手工製造的，所以吃起來有Q感和陽光的味道。我再去買了第二碗，很多人也是連吃兩碗甚至三碗。

台灣本島的蚵仔麵線，我吃過很多家，有的是在家裡經營的，有的是用移動式的攤販，到處叫賣著。剛開始也是賣純粹的蚵仔麵線，後來蚵仔又加大腸，叫作大腸蚵仔麵線，但是有些攤販蚵仔變得不是很新鮮。麵線大概是機器大量製造出來的，吃起來就沒有Q感和陽光的味道。大腸還可以，也流行很久，後來又有人加入各種海鮮等，卻流行不起來。好像一個人太濃妝，不如適當的粧飾來的好看。尤其吃的食物，原本要品嚐每一種食物的原本美味，如果很多種混合在一起吃，食物的美味就會混淆不清了。

我還是比較喜歡金門的蚵仔麵線，那種蚵仔清早現抓，麵線手工製造的，才能吃出蚵仔麵線真正的鮮美味道。

※金門日報副刊

冬寒採收

冬雨寒冷，早年往田野的泥土路，都會出現兩道平行凹陷積水的牛車道，它好像小水溝一直向前延伸。我坐著大舅駕駛的牛車，行入凹陷的牛車道，牛車前進時，兩邊不斷會濺起泥水，「沙、沙、沙」的水聲和牛蹄聲，就在雨中交響著。

為了搶收淹水的蔬菜，大舅一家人都穿著雨衣趕往田裏，朦朧的雨霧中，雨水在泥土路上跳躍，有的流入了凹陷的牛車道裏，我看著旁邊灌溉用的小水溝已漲滿，有的淹過田埂往田裏流去。連續幾天大雨，大舅臉色愈來愈沉重，因為快收成的蔬菜，可能會泡水報銷。大舅的蔬菜田已大部分淹水，經大家搶收了一下午，尚有七、八成收穫，但大雨滂沱，大舅感嘆地放棄了。

冬雨中天色暗得快，搶收的蔬菜看起來仍翠綠欲滴。在灰暗的黃昏中，我們把一竹籃一竹籃的蔬菜搬到牛車上，用麻繩堆疊綁牢後，就準備回家了，只有大舅駕著牛車，牛車輪依然陷入了凹陷的泥水道中，其餘的人都跟在牛車後推車，大舅吆喝著牛隻前進，心情卻感到黯然，因為辛苦栽種的蔬菜歉收。那條牛車道大舅不知駕著牛車往返多少回了，大舅的精神就像那兩道牛車輪的痕跡，與田野為伴，一直向光明大道前行。

※青年日報副刊

冽冬抒懷

在寒冬的清晨，打開窗戶，冷風不斷吹襲，遠方的林木寂靜，天色逐漸亮了起來，感覺寧適淡泊，內心十分恬靜。

播放一首樂曲，親沏一杯熱飲，獨自閉目思索，讓心緒在寧靜中飄得幽遠，享受冬陽溫煦照拂，品味大自然之美。

冬天的腳步深沉，樹上的黃葉飄落地面，變成了厚厚的地毯。天氣轉冷，冬日寒冷的空氣吹在臉上，讓人覺得有點冰涼。冬日的景致蒼茫，風兒蕭颯地吹著，小蟲子在大樹底下蜷縮蟄伏，鳥兒變得安靜許多，嚴冬裡的松林依然常青，冬天的雲彩是沉穩的藍青。

冬日清晨天亮得愈來愈晚，黃昏愈來愈早降臨；夜幕來得更急了，月亮與星星老早就爬上天際了。

一陣寒風吹過，枯葉紛紛飄零，人們不禁冷得直打哆嗦，下雨了，淅淅瀝瀝、稀稀疏疏的雨滴聲顯得美妙。傲然的大地呈現堅貞不屈的性格，潔淨的空氣中夾雜著寒氣。馬路上的汽車馳騁奔行，焦急趕著返家的人們腳步匆忙……寒冬讓人學會堅強，似乎在訴說無懼生命的任何考驗，只需累積溫暖的能量。

冬雨淒冷，寒風無情，吹得枝葉擺動，連遠處的景致也迷離朦朧。冬天是個奧妙的季節，寂靜卻帶著冷艷的俏麗，讓人們理解清靜的心境，讓心靈擁有淡泊的溫馨。

※青年日報副刊

吃湯圓添歲

冬至又稱冬節、賀冬，為二十四節氣之一，與夏至相反。冬至是昔時團聚慶賀的節日，不僅家庭成員間相互飲「節酒」和吃湯圓慶祝，冬至日也是一年中晝最短、夜最長，以迎嚴冬來臨。古代農耕時期，終年辛苦，秋收冬藏後，人們在此時節休養進補恢復生息，準備過年的物品。民間習俗在冬至日吃湯圓，象徵圓滿、豐碩，並增添一年歲月。

在臺灣，冬至的湯圓被稱為「冬節圓」；冬節前夕，人們在祭祀完畢後，一起食用，稱為「添歲」。

「冬至」寄寓全家大小團圓過冬的美意，故說吃過冬至湯圓即算添一歲。

※青年日報副刊

夏夜的童年

小鎮街中有一口井，夏天打上一桶井水，置於屋內，將雙臂伸進去，淹沒至肘腕，瞬間從頭頂涼到腳底。

臨黃昏，家人用尼龍網兜裝西瓜，往井裡一扔，隨它吊上一兩小時。飯後取出西瓜，家人切開吃著那真是清涼爽口。咬上第一口，就像夏天裡嘗到第一支冰棒，門牙酸得滋溜滋溜。

黃昏正式到來，蚊蟲開始活躍，唱歌跳舞齊登台，嗚嗚泱泱，儘是賴皮的德性。母親只好點起蚊香吃飯，以避蚊子騷擾。

晚飯後，鄰居們開始互相走動，乘涼，閒聊。這是一天當中大家最舒坦悠然的一段時光。老婦人握著竹扇，晃悠晃悠，晃到別家串門，邊走邊用竹扇拍打著手臂和大腿，悠閒自得的很。家人撤去飯桌，搬一張小長桌到屋外，鋪上一層格子老棉布，這張桌子總是被我獨享。家人將房間門口的電視調整方向，透過堂屋窗戶，便於觀看。堂屋西北角的後門口，豎著一根竹竿，頂端是天線。

井的主人阿可伯人緣極好，又住在大路邊，只要天晴，吃過晚飯，左鄰右舍陸續圍攏過來。阿可伯就會端出一張張長凳，幾乎將屋子裡所有凳子傾囊而出。他們談論誰家的女兒出嫁了，嫁了什麼樣的人家，誰家兩口子吵嘴了，誰家的水稻種得最好，稻得病用何種藥水驅除，哪個人身上的布料不錯，穿著涼快，有時會發出轟然又悠長的大笑。他們的聊天我從不參與，只是在一旁默默聽著。

有時候，他們聊他們的，我兀自坐在長凳上，望著北斗七星，憑藉北斗七星勺底的那顆星星，試圖找出北極星的方位。回想起來，真是好風如水呀！

阿可伯知道我在想什麼就講，只要將「梭子星，扁擔星，扁擔頭上七顆星」一口氣說上七遍（也許是八遍，又或許是二十遍，我忘了）就會變聰明。我為獲得這個秘訣竊喜不已。

從此，大人聊天之際，便是我苦練之時。一個人不動聲色饒有興趣地，默默動著嘴巴，不發出聲音，一遍又一遍。不過，要一口氣說完，真的很難，但我絲毫不氣餒（聰明豈是輕而易舉的事？），一遍又遍練習，就像西西弗斯推石頭。直到鄰里陸續歸去，我依然沉醉於此，像貓兒很投入地耍玩自己尾巴。

農村人家有土生土長的時令蔬果。黃瓜，絲瓜，冬瓜，豌豆，毛豆，豌豆，扁豆，茄子，番茄，馬鈴薯……，長的短的，胖的扁的，紅肥綠瘦，品種繁多。

如今再看，自留地裡的一葉一花，一蔬一果，更顯得可愛又美味。經常吃的是黃瓜土豆雞蛋湯。黃瓜很粗，像中年村婦的粗臂膀，削成條，氽入湯，清香可口。這股再也找尋不著的清香，離鄉之後才後知後覺。

有一年六月回去，堂姐領我去郊外荷花田，她看著荷花和蓮藕微笑。我陪著她，像散步一般閒走在荷花田間。記起有一年，姊夫這裡種了好大一塊窪地上全種了荷花，成熟季節，一陣東南風吹來，很有蓮葉何田田的氣勢。堂姐說，要吃蓮藕到時回來拿。我在想，還是自家種的好吃。事實上，即便是自家種的蔬菜瓜果，也已無法吃出童年夏天的味道。

有一段時日，只有堂姐和我在家。她別出心裁，自創土豆飯，兩個人吃的津津有味。晚飯後鑽進房間，堂姐剖開西瓜，一勺一勺舀入碗，剔去籽，拌上白糖，才遞給我。兩人吹著風扇，收看頻道極少雪花極多的黑白電視節目。紫茉莉的濃郁芳香從紗窗滲進來，一陣一陣。

在以後的歲月裡，每每憶起童年夏天，憶起吃過的美食，總要提一提土豆飯，並強調是「堂姐煮的土豆飯」。她自己有時也是相當自豪和歡喜，有種當時明月在的悵然感動。

以後的歲月，問及好些人，「你吃過土豆飯嗎？」，他們簡單的否認，讓我感到惆悵，童年不再、一個人行走般的孤獨。還有螢火蟲，那時候，螢火蟲繁多，一點兒都不稀奇。飯畢，我催家人找來瓶子，還記得是茉莉牌洗髮精的瓶子。拿在手裡，瓶口向上，晃一晃，螢火蟲乖乖送上門來，這簡直是一個不會令人失望的遊戲。睡前，將它們圈養蚊帳內，在欣賞它們閃閃星光中進入夢鄉。早上醒來，不見它們的亮光，便以為逝去，生出淡淡憂傷……。童年夏夜的人情風物，回想起來，一件件，一樁樁，清晰如昨，卻又遙遠得像留在上輩子，只有追思才能回味的童年樂趣。

※更生日報副刊

金門的特產與風光金門金獎一條根

在旅遊時總會有商人上車推銷各類商品，最常販賣的是藥用貼布、精華膏、按摩滾珠，後來不少都自稱是金門一條根品牌的，一位商人先介紹金門一條根的來歷：金門一條根是金門縣的特產之一，產於金門珠山村，為金門原生藥用作物，是種多年生豆科植物，且有一條主根因而得名。一條根是種多年生豆科植物，因只有一條主根直伸入土並少有支根或鬚根而得其名。其主根精如指，甚難拔除，故名「一條根」，又名「千斤拔」。一條根具有平肝、健體止盜汗、強壯等功能。能用於治風濕症、強筋骨、壯身體。經金門縣農業試驗推廣之品種為闊葉大豆，金門海島因所處地域風寒濕氣頗重，島上居民及駐軍經使用「一條根」原生保健植物，甚有效用，是島上居民的生命泉源與保健靈草，更廣為流行成為大眾所愛戴的養生極品，質量保證，遠近馳名，素有「金門一條根更勝韓國高麗蔘」之美譽。

想起以前去金門旅遊時，曾經到了一家賣「一條根」的工廠裡面，業務員招呼我們下車進入一處大廳，講解「一條根」的來源、生長情形、功能等，也說金門人大多種田維生，長期勞動容易腰酸背痛，尤其秋天以後寒風常常吹襲，年老後更容易造成風濕酸痛的病症，而金門人平常都知道服用「一條根」，能止酸止痛，所以年紀再大的金門人很少有腰酸背痛的病痛，大家試喝了「一條根」覺得還不難喝，有人也聽說過「一條根」的功用，所以我們也購買了一些。那是一種草藥，大家買的比較安心。當然廠裡也賣一些金門的土產，比如：貢糖、麵線、高粱酒，我們也是品嚐後買了一些。

金門珍貴的鱟

金門的水頭、後豐港、浯江溪口、慈湖外海、古寧頭、嚨口、雞髻頭都還留有珍貴的「鱟」。牠最早被發現逾四億年前，經歷幾次地球大滅絕卻平安延續種族，並保留原始生物特性，被稱為活化石，鱟依產區命名，全世界有四種鱟，台灣沿海一帶則是中國鱟，但由於漁民濫捕，鱟逐漸從台灣海域消失，唯獨只有金門海域，因當年台海兩地戰爭，海岸線佈滿地雷，反而讓鱟有效繁殖生存下來。珍貴與金門生態之美，未來如何推廣鱟魚的生態保育工作顯得格外重要。

比恐龍還要長壽的金門擁有活化石的鱟，較人類有著更長久的歷史，但近幾十年來鱟分佈的地區越來越窄，數量越來越少，與環境大量開發破壞有關。從前台灣西部的沙灘有許多鱟，如今覓不可得，澎湖三十年前也有很多，現今也只是偶爾一見，如今祇有在金門可以找到鱟的蹤跡，益顯現出鱟的珍貴與金門生態之美，未來如何推廣鱟魚的生態保育工作顯得格外重要。值得我欣慰的是，金門早期就有人，把鱟養殖做為觀光景點，養殖人能專心照顧和繁殖，也能讓各地而來的人，更加了解鱟的稀有可貴，養殖人對鱟的簡介：

『鱟』這種生物早在四億年前就已經生活在海洋裡，鱟是海洋底棲無脊椎動物，中國鱟：灰綠色，分佈於日本、中國長江以南海岸（包括浙江、福建、廣東、廣西、香港、台灣和海南沿海），以及越南、菲律賓、婆羅州和印尼沿海。

養殖人還俏皮的說：拾得鱟：形容運氣佳，買到便宜貨，或遇到便宜事。捉孤鱟，衰到老：意思是說捉單獨一隻的鱟，一定會倒楣一輩子，因為鱟夫妻非常恩愛，你捉了一隻，另一隻會孤單寂寞，同時警惕世人，拆散他人姻緣，會倒楣一輩子。

鱟的祖先在古生代泥盆紀就已經出現於地球上，其形態至今並無多大的改變，因此有「活化石」之稱。

鱟外表是綠色的，有點像軍人的鋼盔，牠們堅韌的生命，就像以前在金門的駐軍，勇敢的精神，是值得人們稱讚的。

金門的風獅爺與戰鬥村

為了體會金門的戰鬥村，和風煦日的早上我們騎機車，到了瓊林村，把機車停好後，從一處民宅，的瓊林地下戰備坑道走下去，我們參考資料走完，有十二處出入口，我們覺得坑道裡面跟馬山坑道一樣狹窄，也是筆直而轉彎處更多，資料上有解說，在清代的瓊林為了防禦海盜，就已建築互通的地下坑道，在一九七六國軍進駐金門後，又開始修建民防地下坑道，就以瓊林村公所為中心，因為裡面設有一處指揮所和防空洞、碉堡、機槍堡，坑道能方便聯絡聚落的民宅，而成為鞏固的戰備或打擊敵匪的防地，「戰鬥村」就成為瓊林村在島上的美名。

我們出了坑道遇到二位來金門自助旅行的年輕人，他們正在觀賞坐落於村口附近的「風獅爺」，有一個人說，「風獅爺」在當地也有人說為「石獅爺」或「石獅公」，據他們觀察和多方打聽當地人，得知「風獅爺」大致分為三種，一為坐落於聚落的村口，二為矗立於屋頂上，三為嵌在牆壁之中，其設置目的在辟邪、鎮風、祈福、和止煞，金門早年的生活環境與「風獅爺」有密切的淵源。他們也騎機車按照地圖重點遊覽三天，二台相機使他們盡獵金門的美景，他們說覺得那裏好玩就多待一陣子，以悠遊自在的心情盡情的玩，看他們滿臉的笑容，也使我們愉快不已，相信能對金門的特點能更深的了解。我們上了機車後，和他們分別，才繼續往下一個行程前進，想到他們能自由自在的到喜愛的定點盡情的遊玩，也是旅遊的另一種樂趣吧。

※更生日報副刊

秋野風光

柔和的陽光從薄薄的雲層裡，若隱若現地灑向大地，正是出遊的大好時光，秋高氣爽的午後我搭車上山，投入大自然的懷抱，讓視覺游目騁懷，飽覽秋野景色！

在一家民宿前，乍見路旁一叢雞冠花鮮紅奪目，昂首挺立。雞冠花隨意種在花盆或泥土裡，隨遇而安茁壯成長。它的生命力十分強韌，雞冠花綻放時雖沒有馥郁的芳香，但那粉紅的莖梗、艷麗的花瓣及茂盛的葉片，都展現出奔放的熱情和旺盛的生命力。

在秋涼時節，人們的腦海裡總會浮現「孤村落日殘霞，輕煙老樹寒鴉」，一片秋風蕭瑟、草木黃落的刻板印象。季節剛過白露，氣溫明顯下降，天氣逐漸轉涼，清晨的草葉上也多了露水。「秋風蕭瑟天氣涼，草木搖落露為霜」的詩境，正是此時最真實的寫照。然而，當我漫遊秋野，觸目所及，卻是「山明水淨夜來霜，數樹深紅出淺黃」的迷人景致。

有人喜歡蒔花種草，我只對賞花情有獨鍾，喜歡像閒雲野鶴般流連於田野風光裡。賞花豐盈了空虛的心靈，也點綴了原本平淡的生活，更豐富了精采的人生！

※青年日報副刊

礁溪的親戚

去三舅父工作的煤礦場，位在瑞芳的山野中，下了客運車，還要走一段山路，母親帶著我沿著一條溪岸走，有點冷意的早上，沿岸生長的各種樹木，翠綠的枝葉有的已經逐漸衰竭，開始落下了枯黃的葉子，隨著清澈的溪水飄向下流，岸邊雜生的野草、蘆葦愈來愈多，而鳥聲零零散散的從山谷裡交互啼叫傳出，使的山野更加荒涼。煤礦場遠離鎮區，使我覺得愈走愈虛微！只有流水聲，和山坡上的芒草花在暖陽照射下，呈現出的亮麗姿態，讓山野還有一點生氣……。

溪水逐漸呈現黑色，表示三舅父的煤礦場已快到了，那是因為煤礦場洗煤染黑了溪水，所以愈接近煤礦場的溪水愈黑。我們轉個岸彎就漸漸聞到，陣陣野薑花的清香味，我也注意到，溪埔上生長的一大叢的野薑花，白色的花朵，在暖陽照射下，和黑色溪水一比，更呈現潔麗動人，愈接近野薑花，花叢香味愈濃郁，母親說每次來看三舅父，都是野薑花盛開的時候，母親雖然帶著微笑說，但讓我想起母親，曾經對我說過三舅父傷心的往事，因為三舅父沒學一技之長，結婚後，為了養家活口只好去做收入還算高，但是有點危險的煤礦場採礦的工作，而三舅母有時間也去兼洗煤的工作，多少補貼家裡的開支，但有一次不幸的事發生了，煤礦場大爆炸！死傷了不少人，還好三舅父只是輕度受傷，醫治了幾個月後，為了家裡開銷，還是繼續去做採煤礦的工作……。

我們走到一處山坡邊，一間低矮的紅磚水泥屋，屋頂是用厚木板兩邊傾斜蓋著，再漆一層黑柏油，母親曾經說過那樣建築可以冬暖夏涼，住在多雨的山邊又可以防雨防蟲。三舅母迎了出來，請我們進去，三舅父去採煤礦，三點多才會回來，今天是假日表弟妹在家，而三舅父的工作是輪班的，輪到假日或深夜也要上班的，吃了中飯後，表弟妹帶我去煤礦場附近繞了一下，我們走到深黑不見底的礦坑口，看到頭戴採照燈的礦工，推著滿載煤炭的台車，沿著軌道賣力的出來，表弟妹說礦坑口到礦坑底，最深有七、八百公尺，那要用粗大的鋼索，放送或拉起坐著下礦坑採礦的人，以及滿載礦煤的台車，愈深層的礦場採獲量愈多，但也比較危險，那裡充滿比較多容易爆炸的瓦斯，送風到那裡已經很稀少了，所以呼吸空氣都不新鮮！

滿身滿臉被煤屑抹黑的三舅父回來了，三舅父雖然有點疲累，還是熱情的招呼我們，三舅父洗澡後，又恢復整潔的身體，就騎摩托車出去買水果和當地的名產，回來後，大家就歡樂的圍坐著一起吃，我知道三舅父為了家，上班時都要滿身滿臉的被煤屑抹黑，在空氣不新鮮，又危險的深層地底，做粗重的採煤礦工作，那種情形就像清澈的溪水，為了洗煤而被染成黑水，人們是為了生活而不得已的，環境被污染，也是工業社會的一種無奈！而三舅父為家奉獻能使家人得到溫飽的精神，就像野薑花默默的在污黑的溪水邊，飄逸著清香，撫慰著窮苦人家的心靈，美化著艱困的環境啊……。

三舅父再次遇到煤礦災害後，右腳被大岩石壓成重傷，做了十幾年煤礦工的三舅父，就領了一筆撫恤金，等傷勢治療好後，想再做收入比較好的煤礦工，以使家庭生活繼續改善，因為體力和跛腳的原因，也就只好轉行了。三舅父經朋友的建議說，可以搬去礁溪住，那裡空氣比較好，能做個小生意，那裡的溫泉品質很好，有時間就去泡溫泉，對於腳傷的後遺症，比如：變天時會酸痛，尤其冬天常會抽痛的現象，可以改善不少。

父母帶著我和妹妹第一次去礁溪找舅父，從台北坐火車去，途中經過瑞芳時，看見瑞芳的現代化建築物增加不少，街道更加熱鬧了，使我想起了以前三舅父公休日時，我和家人去過幾次，住在山坡邊平房瓦屋裡的舅父，就帶我們去附近山上的廟宇拜拜，祈求大家平安健康，也帶我們坐客運車經過一座隧道，去海邊遊玩，那是通往宜蘭的濱海公路，我看那公路彎曲又起伏不已，大多依山靠海，部份公路離海面有十幾公尺左右的高度，而形成懸崖峭壁的美麗景觀……。

火車到了福隆站，已經十二點多，乘客很多人都跟車窗外的流動攤商買便當，父親說：福隆便當很有名，真的便宜又好吃，母親就買了四個便當，我吃了便當後，覺得確實很好吃，聽父親說：福隆便當已有幾十年的歷史了，確實老字號的便當有它累積的特色和信用。

當我們看到明朗的龜山島時，父親說，礁溪今天天氣會很好，以前曾聽住過宜蘭地區的人說，龜山島如果有雲霧圍繞時，愈濃則宜蘭地區天氣會愈壞；在海浪不斷翻滾中，看起來好像有一隻生動的大海龜浮游於大海上，使我覺得天地萬物的造型，有的實在很奇妙！我從車窗內也看到不斷湧來海浪的奇岩怪石邊有人在海釣，也有人在凹凸不平的岩石上在抓什麼……看那一望無際廣闊的太平洋上，有魚船在捕魚，漁船被海浪載起載伏，搖晃不已的漁船，顯現漁船在蒼茫的大海上孤獨景象，可見漁夫捕魚的辛苦。

我往另一邊的車窗看出去，是一片連接的小山，偶爾看到幾戶簡樸的平房瓦屋，屋邊有人用鋤頭在翻動不平的斜坡，準備種下農作物，翠綠的蔬菜埔時而出現，雞、鴨、鵝等，也自由自在的，在斜坡上悠閒的走動著，長著碩大鮮紅色果實的蓮霧樹時常出現，有的斜坡上更種滿了蓮霧樹，一大片鮮紅的蓮霧，把斜坡點綴的亮麗不已，可見住在這裡的人家，食物都是自己種的或自己養的，可以吃到最新鮮的食物。

火車到了礁溪，走出了車站，三舅父已笑著等我們，跛腳的三舅父就帶我們沿著街道慢慢走，我看到不少的溫泉飯店，也有不少賣鴨賞、蜜餞、番茄等當地特產店，幾條大路人車來往不息，有很多家興建現代化的豪華溫泉大飯店，更使人側目，礁溪也靠近山邊，熱鬧中有一種安寧的渡假氣份，三舅父帶我們走到街尾，走進一家三舅父祖來經營的小吃店裏面，三舅父說小吃店很少休息，今天為了帶大家去玩，特別休息一天，三舅母和表弟、表妹也出來和我們歡談著，不久，三舅父跟表弟，出去跟朋友打招呼，把預先借好的九人座的車，由表弟開回小吃店前，三舅母把準備好的零食和飲料拿到車上，就全部上了車，三舅父說要去五峰旗瀑布玩，車子轉入山路後，清靜優雅的山路，翠綠的山林，飄散著草土的芬芳味，到了入口處，車子停在一片小石堆上面，我們下了車，賣土產的流動攤販，微笑熱情的為遊客介紹著土產的功能，這是各處風景區都有的現象，三舅父說，他曾在這裡買治療腳部酸痛的草藥回去泡酒喝，確實有功效，但後來經當地認識的朋友介紹，去專賣草藥的店買比較便宜，這也是住在當地的好處。

我們先在入口處的叉路走了一段路，那裡沿路種著各種花草，看起來很用心的養護，在清爽山風的吹動下，更顯的鮮豔，亮麗而動人，我們回頭走到入口處，三舅父說，這裡有一條叉路，可以通到林美石磐步道，沿路風景很優美又清雅，我聽說宜蘭還有很多祕境幽景，有機會應該去探訪欣賞。三舅父說：現在就去欣賞瀑布，那是要走有點陡的山路，跛著腳的三舅父，領先走去，三舅母說三舅父早上常和朋友到這裡運動，也常去洗溫泉，又找一些通血路、軟腳筋的偏方吃，現在爬山也不輸正常人的腳力，瀑布有三層，因為舅父腿走陡坡不方便，我們只爬到第二層瀑布，因為三舅母說要到第三層瀑布，要爬更陡更高的山路，而第二層瀑布也不小，瀑布的水從很高的峭壁上奔流下來，「嘩、嘩、嘩……。」的水聲很快的傾洩下來，但急促中帶有洶湧的美姿，不是胡亂奔流的洪水，那飄動的水氣增加了一種嫵媚感，也使人感覺清爽不已，三舅父說：瀑布的奔流是帶有充沛的芬多精，多接觸對身體是有益的。我們坐在大岩石上，慢慢吃點心、喝飲料，享受著山野的情趣，三舅父又說：自從搬來礁溪後，經營小吃店，雖然從早做到晚很辛苦，又很少休息，但生活上還過的去，阿成（我表弟）最近也退伍回來了，多少可以承擔家裡的生計。三舅父笑著說：雖然自己的腳走路不方便，但住在礁溪空氣好，有清靜的地方運動，能常洗溫泉，泡一些草藥酒喝，腳部的酸痛逐漸減輕，完全不酸痛是不可能，這裡的鄰居很有人情味，彼此誠心誠意互動，生活的很愉快，所以決定長久住下去，可能的話就在這裡買房屋定居下來。

接近黃昏時，我們準備回去吃晚餐，逐漸黯淡的天色中，我看到那瀑布依然奔流著，雖然瀑布逐漸隱失於霞光中，飄動的水氣已看不到了，但是那「嘩、嘩、嘩……。」的傾洩聲更清朗的傳來，使我覺得就像，三舅父不幸的被大岩石壓成的跛腳，但樂觀的三舅父，不向命運低頭，自立自強的精神，而能創造出另一種，使我欽佩的人生旅途。

※更生日報副刊

稻子收成時

舅父的田裡，稻穗已長的豐碩飽滿，最近和舅父去田裡巡視時，低垂的稻穗和枝葉，總會碰觸到走在田埂上的我們，「沙沙沙……。」的聲音聽起來很悅耳，也使我體會到謙虛的美德，那些低垂的稻穗，不就像一個學識豐富的人，不意氣昂揚的鼓吹自己的才能，不像那些不學無術的人，只會胡亂說自己有多行，其實是沒什麼內涵的，如那半瓶子的水，稍微一動就晃動起泡不已，那都是不實在的。

附近有很多的麻雀，從電線上看去好像五線譜般密密的排列，土石路兩邊木麻黃樹茂密的枝葉裡也棲息著很多，草埔上也有不少在那裡跳動飛撲，牠們好像都在覬覦著各處田裡的豐碩飽滿稻穗，等田主人不注意或風兒吹來時，麻雀就趁稻田翻動成陣陣的金色稻浪時，「沙沙沙……。」稻穗互相輕撞的聲音不斷悅耳的響起時，迅速飛撲入田裡偷食後就離去了。

為了防止稻穗被麻雀偷食，稻子抽穗後不久，舅父就在田裡多立了幾個稻草人，稻草編紮的稻草人，用白布封著的臉部，畫出了眼、鼻、嘴，穿上了舊衣服，雙手握著長竹竿，風吹來時長竹竿也會搖動著，就像農人威武的驅趕著一群又一群飛來偷食稻穗的麻雀，「吱吱喳喳、吱吱喳喳！」麻雀驚嚇飛離時的聲音，在風裡飄蕩著，也滿有趣的。舅父也在田的四周交叉拉起了金黃色的塑膠繩，能反光的塑膠繩，在風吹來時，更是金光閃閃、嘶嘶作響了起來，也是驅趕麻雀偷食稻穗的利器。

稻穗收成的那天，晨曦剛出現時，舅父就駛著牛車載著家人和脫穗機，到達田邊，舅父請來的幾個收割人員早已在那邊等候，他們幫忙把脫穗機抬下來，放在已割起一小片稻子的田裡邊，然後和舅父呈一字形的排開，每個人負責收割幾行稻子，「切、切、切……。」鐮刀割稻子的聲音此起彼落的響起，他們割起一小把稻穗先放在身後，等割完幾小把稻穗，再集中抱起來，拿去脫穗機裡脫穗，只要用一腳踩動脫穗機下面的活動踏板，就能牽動上面脫穗器的轉動，就那樣另一腳撐著身體，雙手抱著稻穗的枝葉，上下左右的在脫穗器上面移動，就能把稻穗脫落下來了，「嘎、嘎、嘎……。」脫穗機的響動聲音，在寧靜的清晨，悅耳而傳的很遠。

在脫穗器裡脫落的稻穗，還含有稻草枝葉屑，就滑落到脫穗機後面的集中槽裡，舅母就用畚箕舀起來，倒入表哥和我共同用手打開的大麻袋裡，等裝滿以後，舅母就用大支的布袋針穿著細麻繩縫合。

七點多時天色已明亮，表姐騎著腳踏車載來了早餐碗筷等放在牛車上，舅父就請來幫忙的人停工吃早餐，有粥和飯和幾盤炒菜、醬菜、一鍋湯，家人和他們一起吃了早餐休息了一下，大家又繼續工作了。

有幾個老弱婦孺跟在收割的農人後面，能撿拾到一些收割農人掉落的稻穗，大部分為單支的遺穗，偶爾也有幾支農人沒割斷的稻叢，他們就用力拔起來，這樣撿拾量比較多，到了十點左右，表姐又騎著腳踏車載來了點心和碗、筷等放在牛車上，舅父就請來幫忙的人停工吃點心，一般收成稻子都吃五餐，也就是早中晚三餐和上、下午的點心，因為收成稻子用力多容易餓很辛苦。我和表哥吃了點心也暫時休息，就躺在脫穗後披散的稻草枝上面，早上有露水，稻草枝和田土還濕濕的，我們聞到濃濃的草土芬香味，而享受著片刻的悠閒，我們幾乎睡著……。

愈接近中午，太陽光愈熱，收割的人流出了更多的汗，而田裡也逐漸立起了一包一包的稻穗，那是辛苦後的成果，十二點左右，舅父就請來幫忙的農人到家吃中餐，十一點左右，舅母就回家和表姊準備午餐。到了十二點時，來幫忙的農人把稻穗包全部抬上了牛車，舅父就駕著牛車回去了，表哥和我招呼著來幫忙的農人，回去吃中餐。夕陽西垂時，稻田已收割完成，晚餐煮的更豐盛，舅父請幫忙的農人喝酒，歡愉的氣氛裡，使大家忘記了一天的辛勞。

收成後全部載回舅父家的稻穗，第二天就開始在曬穀場，分離稻穗裡的枝葉屑，那是舅母從大麻袋裡把用竹畚箕舀起的稻穗，倒入鼓風機裡，旁邊的表哥，搖動鼓風機裡的木葉片，產生了陣陣的旋風，使比較輕的枝葉屑，從中間的木窗口飄飛出去，比較重的稻穗又從下面的傾斜口滑落下去到一個木槽裡，舅父就用竹畚箕裝滿稻穗，再拿去披散成小嶺狀，開始曝曬了。

收成後的稻田，立起了一叢一叢的稻草，等被陽光曬乾後，就可以載回去，綁成小綑狀，堆在大灶邊做為以後的燃料，舅父也會拿去補在牛舍的房頂，或舖穀亭畚斜圓形狀的畚頂，大多的稻草，有的商家會來買去做為草繩或做榻榻米的原料，其餘的稻草，有的農人就拿去舖在田土上，做為保護農作物的材料，如果還剩餘太多，舅父就把稻草做為製肥的材料，甚至用火燒光，一了百了，稻灰也能成為以後耕種的有機肥料。

※更生日報副刊

秋染武陵農場

遊覽車一到宜蘭縣南山，這裡是純樸的山地部落，大家下車休息，就覺得空氣非常清鮮，飄著一股山野自然的味道，有幾家雜貨店，冷熱零食、家庭用品、耕作器材等擺了滿屋子販賣，免費提供大家上廁所，這樣進入屋內，更詳細看到販賣的物品，所以比較吸引人購買。

雜貨店前也擺了一攤高麗菜正在叫賣著，因為是當地現摘現賣，看起來特別翠綠，外包葉不像都市，剝的很徹底能現切洗炒，由於價錢不貴，所以買的人很多，我利用上車前看了一下南山，這裡大部份種植高麗菜，算低海拔的農作物，但這裡空氣清鮮，不遠的山腰還雲霧繚繞，可想這裡出產的高麗菜，一定清脆可口。

遊覽車經過很多山坡地，種植的高麗菜田地，有的種在山坡地，延伸到山頂上，也有的種在車路另一邊，往下坡一直種到蘭陽溪畔，看起來附近的幾座山，都種滿了高麗菜，大部份的高麗菜田，都堆放很多包肥料，還有大型儲水塑膠桶，定時可以為高麗菜，進行灑水施肥的工作，遊覽車繞過一處轉彎，就沿著一條溪谷爬坡，離開溪谷後，山路成「之」字形，遊覽車就降速開始沿著陡峭山坡行駛上去，蘭陽溪在遊覽車慢慢轉個山彎後，就更明朗的出現，蘭陽溪邊的山林，都在遊覽車的爬坡聲中，逐漸矮了下去，視野一直闊大，我的心胸也逐漸開朗不已，思源「啞口」到了，那一片壯麗的山林也消失在車後了，思源啞口到武陵農場，沒有溪流陡峭的山谷，路也比較平，沿路有種高麗菜，也有種梨子、蘋果、水蜜桃等水果，這裡松樹比較多，有一點高山的氣勢。

遊覽車轉往一處，往武陵農場的指標，下坡幾公里後，經收費站繳入門票費用後，就正式進入武陵農場了，大家從車窗外看出去，驚喜已有部份的楓葉變成紅色，遊覽車駛抵武陵國民賓館，一下車，就看到圍牆邊，有幾棵葉子全部變紅的楓樹，在暖陽下、清風中閃爍迷人的光芒，其他各種花木，也盡展開放的美姿，雖然不像春天百花齊放，但是秋天也有另一種美，秋高氣爽也是適合出外旅遊，位處高山的武陵農場，秋意更深，所以楓葉更紅，秋似乎早就染滿了武陵農場，在歡迎著人們的來臨，武陵賓館坐落在七家灣溪畔，流水聲不停潺潺傳來，七家灣溪也是「台灣國寶台灣櫻花鉤吻鮭」的重要棲息地，也是列入保護區的。

領隊帶我們走過一座橋，經過一條柏油路，右轉是出口，左轉是深入武陵農場的方向，有一大片紫色的鼠尾草和芳香萬壽菊，都迎向陽光，開得很燦爛，很多手機、照相機開始忙著拍照了，這些都彌補了，我們看到在秋天一些凋謝花木的感嘆，尤其蘋果樹、梨樹、水蜜桃樹，這種季節都呈現乾枝無葉的蕭條樣，只有等明年春天葉長花開，再來欣賞它們的怡人姿態了，沿著七家灣溪畔走，風聲、流水聲、鳥聲交奏著悅耳不已，有幾座古式涼亭，就矗立在一大片草叢中，提供遊倦的人休息之處，楓樹愈來愈多，而葉子變化程度也不一致，有的全部都變紅色，也有部份才變為紅色的，也有深黃色的，而每一棵楓樹都讓人驚喜不已，因為楓樹多，楓葉變化景象也很多，這在平地是欣賞不到的，有一些住宿賓館，或獨立磚牆瓦屋，分散在叢林中，如果能在武陵農場住一晚，一定能享受夜間山野的情趣，看清澈夜空的星月，和山野動物共眠，還有那寧靜只有蟬蟲鳴叫，和夜鳥啼叫，蛙鳴的催眠聲音……。

秋天日間逐漸縮短，今日只是一日遊，很可惜還要趕回台北，所以在天色有點灰暗時，領隊就叫我們準備上車下山了，大家有點依依不捨，最後只好把攝入手機或照相機，秋染武陵農場的美麗景色，帶回家再慢慢回味欣賞，遊覽車離開武陵農場，有的人已疲倦的睡著了，到了思源「啞口」，遊覽車又開始「之」字形的下坡，煞車聲時而傳出，遇到兩車相會，速度就更慢下來，有時還要一車倒退，到兩車可以相會的地方，才能兩車小心的相會過去，可見這裡山坡路的陡峭、急轉彎，也是很險峻的。

可惜濃霧把壯麗的山林都籠罩住，呈現白茫茫的一片，車速變慢了，只有車引擎的聲音，在這神秘的山林沉悶的響著，濃霧中也感覺不出車子在下坡，只有路邊幾棵大樹模糊的閃過去，鳥兒、蝴蝶、蟲蟬牠們體形小也都不見了，遊覽車快到南山時，霧才逐漸飄散，這時天色已暗，高麗菜田已昏暗一片，一般住戶正在炊火準備晚飯，只有那幾家雜貨店還在販賣，遊覽車停下來，讓大家去上廁所，饑餓的人可以先買點零食吃，因為我們的晚餐安排在羅東的餐廳，有些人也買了當地的土產，遊覽車在開動後，天色已全部暗了下來，從南山到蘭陽溪畔，柏油路也是起起伏伏，也有急轉彎，遊覽車在黑夜行駛就更加小心了，過了一座長橋，遊覽車就沿著蘭陽溪畔行駛，途中偶爾出現幾戶山野人家的燈火，遊覽車大多是在荒郊野外行駛，和在都市車水馬龍、熱鬧的景象是差太多了。

※更生日報副刊

屋頂的煙囪

小鎮好多林立的煙囪，晨曦微亮時就逐漸飄起縷縷黑煙。土角厝的瓦屋頂，從大灶延伸而出的煙囪約兩、三公尺長，以黏土燒製，用鐵線絲一層一層的圈圍加強牢固，外表漆成白色的水泥圓筒，固定在直立的厝瓦上，外形和白雲相襯，飄起的縷縷黑煙與藍色天空雖不搭調，卻有母親為家人辛苦烹煮三餐的圖騰；早年的鄉下沒有工業污染，煮飯飄起的炊煙總讓人感到溫馨，而且飽含母愛的韻味。

土角厝的頂端是煙囪，幾年來不論強風暴雨來襲，它都撐過去了；雖然曾經傾斜，父親都偕請伯父一起爬上竹梯，到斜坡似的屋頂上，兩人合力把煙囪扶正，再敷上水泥強化。抹糊固定以後，煙囪依然屹立在屋頂上，讓母親每天煮三餐時能順利地飄出縷縷炊煙，就像一家之主的父親，家裡經濟雖然拮据，有時生活還很艱困，父親仍是日夜辛勤地工作，給家人最尋常的溫飽。

父親就像屋頂上那個不倒的煙囪，整年冒著黑煙為家庭付出全部心力，煙囪的外表是白色的，象徵父親堅毅的心，不因環境惡劣而退縮。父親已經皺皺的臉，不會因為沉重的負擔而變色，積滿的黑垢藏在煙囪裡層，外表是看不出來的，它愈積愈厚影響黑煙排出。猶如父親有了病痛後，還默默地忍受工作的煎熬，卻不願讓家人得知，最後父親病倒了，家人才理解疏忽後遺憾的往事！

※青年日報副刊

草木共生之美

在小學校園前見到一棵榕樹，長得枝葉茂盛，樹鬚垂落風中飄動，樹底下以圓形竹籬笆圍繞著，周遭長了許多株野生的咸豐草，老樹總是特別吸引目光，那棵和咸豐草共生的榕樹，格外吸引我。

咸豐草不管長在野外或都市空地，都很容易被發現，它總是茂盛地叢生，是一種在惡劣環境下也能堅韌成長的植物，花朵不亮麗，所以並不吸睛。幾十年樹齡的老榕下，襯托著十幾株的咸豐草，就形成互補之美了，因為榕樹的花長在高高茂密的枝葉中，很難發現它的美，只有樹下的咸豐草花還能補綴老樹的壯盛，榕樹也能襯托咸豐草雖不起眼，卻擁有強韌的性格。

老榕樹和咸豐草共生，呼吸相同的空氣，吸收一樣的營養，卻不影響彼此的成長，並且互相為對方襯托美感和強健，那是沒有心機，純真共生的美感。

就像小學時，同班同學成績各有高低，但績優的同學激勵落後的同學，彼此切磋學習，凝聚同窗情誼。成績落後的同學，才藝往往有出色的表現，班級裡人才濟濟，各自綻放光亮，團體和樂融融，也展現共生共榮的美感。

※青年日報副刊

芒草

坐車經過一座橋，看到河岸附近長了好多白茫茫的芒草，在清風中飄動著，鳥兒從河埔的濕地，飛到了芒草叢中，再撲向了天空，沒有花香和果實可採的芒草叢，就成為鳥兒臨時的中繼站。

我曾去住在河岸邊的親戚家裡，從門口看出去，芒草在暖陽中，更加鮮豔亮麗，是河岸附近長的最多的植物，也有人在河岸邊種植幾埔菜園，長的翠綠的枝葉，低矮的蔬菜，和修長的芒草，使河岸有了綠意盎然的立體美。

我和姪子走入了河岸裡，芒草和我們擦身而過，高而低垂的花穗，拂在我手上，輕飄飄而像尾巴的叢密花穗，使我覺得柔和不已。野生的芒草，經過無數的風吹雨打就在涼爽的季節，開放著美麗的花穗，點綴著秋意的動人美感。

接近黃昏時，農人正忙著在菜埔淋水，而沒有人照顧的芒草，有的長在貧瘠的土地上，或沙中、土石上，不管再惡劣的環境，只要有空地，它們都長的很茁壯濃密，使人佩服芒草堅強的成長精神！

天色灰暗時，冷風一陣陣的吹來，我們離開了河岸邊，我返頭一看，只有黑漆漆的河水中倒映著亮麗的燈光，而河岸邊黑茫茫的一片中，能隱約的看到那芒草白色的花穗在飄動著。

※福報副刊

勤儉的母親

母親與斗笠

幾十年前我還在故鄉讀國小，假日的中午母親煮好中飯，家人吃飽後，母親休息一下，又戴著斗笠上面綁著布花巾，準備到田裡工作，母親交代我要好好寫作業、看書，母親赤著腳就往悶熱的馬路走去了，母親只要有工作機會，假日還是會去做的。母親長年赤著腳走路去工作，腳都長繭了，所以走在悶熱的馬路，都已習慣了，我寫完作業，覺得有幾題不通順，想去街尾問功課比較好的同學，突然屋外下起毛毛細雨，我就戴著斗笠，走到街尾，那裏可以看到廣闊的田野，母親就在其中的一區田工作，但是毛毛細雨中，田裡工作的人很模糊。

傍晚，母親回來了，她把斗笠吊在牆壁的鐵釘上，濕的布花巾就拿去煮晚飯時，貼在大灶邊烘乾，我知道下毛毛細雨，母親帶著斗笠還能遮雨，還是會繼續做下去的。

有一次母親感冒，在家休息，她還是照常煮三餐，也把沾著土屑的布花巾清洗，披在竹竿上曬陽光，母親為了補貼家用，除了料理家事，還去田裡工作，我看那竹竿上曬乾的布花巾，閃耀的亮麗光彩，不就像母親，為家默默努力付出，讓我永遠感動在心裡的母愛光彩的精神。

母親的辛勞

我讀國小時，家裡經濟比較差，僅靠父親經營農具店微少的收入養活全家。不過母親賢慧，她一雙巧手能煮、會做，張羅家裡，吃的、用的、穿的，也把堂兄弟姐妹穿過，不適合穿的衣褲，裁縫成我和妹妹的衣褲，以減少購買新衣褲的費用，勤儉持家的母親，也盡量利用空閒時間去田裡做工，省下的錢就存進銀行，逐漸改善了家裡的經濟狀況。母親是外婆孩子中唯一的女兒，但外公家貧，外婆又重男輕女，母親未滿十歲時，一大清早，兄弟們都還在睡夢中，她就要起床去廚房的大灶煮稀飯、備早餐給去田裡工作的外公食用。日常，還要帶著小舅做家事，有時做得不符外婆心意，還遭外婆責罵、修理。我想，母親的賢慧與她貧窮的童年有很大的關聯。

母親在那樣的環境下成長，小小年紀就學會料理家務。與父親結婚後，將克勤克儉、耐勞的精神一直發揮著，父母兩人協力白手起家。母親的本事是我們兄妹學習的典範，我們個個承襲到母親勤儉持家，節約用度的好習慣。我們懂得打理自己的資產，而過著小康的生活。母親以她的人生經歷，啟發我們的心田，讓我們建立良好的人生態度及價值觀。我們現今雖非大富大貴，但生活也怡然自得。

母親與古井

能穿到潔亮太陽光曬過的衣服，那是母親清晨五點多，到街中的古井清洗的，汩汩泉水不斷湧出的古井，很早以前就開鑿了。

古井呈圓字形，使用井水要用綁著長麻繩的小鉛桶，垂到古井裡面，再大力晃動傾斜小鉛桶，讓井水入滿桶裡，再慢慢雙手交換用力，拉出井口使用，所以井裡常有悅耳的打水聲音。

井讓附近的婦女，能在清晨聚在一起洗衣聊天，無形中增加了彼此的鄉親感情，鎮內發生的大小事，也能溝通互相了解，讓不愉快的事情盡量減輕化解。

大家都是用黑肥皂洗衣服，泡沫在逐漸明亮的晨曦中，閃耀著繽紛的色彩，用無患子製造的黑肥皂，是沒有化學原料成份的，所以洗衣後的污水，對附近環境也沒污染，花草樹木依然長的茂盛青翠。

井水水質清甘，也可以生飲，泡茶更增香味，古井旁的瓦厝內，是古井的主人阿清伯住的，他是免費提供人們使用古井的，他歡迎人們去找他聊天，我有時中午跟祖父去找他時，阿清伯很高興的搖起井水，作為當場泡茶的水，他說移居去外地生活工作的人，回來鎮內都會來找他喝井水泡的熱茶，他們都說很懷念這口井，阿清伯說這是他很高興的事，對啊，古井也是讓我永遠難忘的啊！

※更生日報副刊

菜瓜消暑氣

母親翻出她秋天時收起的菜瓜種子，準備培育菜瓜苗，明年夏天的菜瓜要早收成，育苗就要培養，而早收的瓜果味道就特別好！雖然種子有很多，其實只要種有兩棵，一個家庭來食用就夠了，多餘的還能分送親朋好友。

春夏之際在農村屋前屋後，菜瓜是最常見的瓜果，菜瓜是攀藤植物，農婦們用竹木支柱撐起一個簡陋的棚子，等菜瓜苗只要一攀上棚架，很快的就一邊生長一邊開花，不久肥碩翠綠的枝葉鬚藤便爬滿了棚架，金黃色的菜瓜花開滿整座棚架時，母親有時就現採一些下來，裹著麵粉油炸後，吃起來清爽可口是夏天一道很好的點心，隨後母親就開始採摘菜瓜，就可以煮出柔滑甜嫩的的菜瓜料理。

母親有時也會收集一些菜瓜水，因為菜瓜水有美容效果，是一種天然的美容劑，具有消除雀斑、增白皮膚、祛除皺紋的作用。

廚房裡洗刷碗盤、鍋子、灶台，最少不了的就是菜瓜布。從前農村的婦女，總是有意的要留一些老菜瓜。因為菜瓜老乾以後，剝開外皮，裡面全是軟硬適度的纖維組織，敲出種子剩下的就是真正的菜瓜布，現代人洗澡時使用塑膠產品菜瓜布的冒牌貨，不擦得皮膚紅腫才怪，天然的菜瓜布擦背最舒服，硬中有柔，實在讓人很懷念，可以說早期的人，節省和聰明的方法。

※金門日報副刊

魚塭

出海口有很多魚塭，伯父的魚塭比較靠近海邊，那裡塭岸上有防風林的一排一排的木麻黃樹，尤其伯父居住的草寮旁邊，圍繞的五棵木麻黃樹，長得更加茂盛高大，海風吹來時，樹上枯黃的葉子，就逐漸的被吹落，有的飄到寮頂上，有的就落在樹下的沙土上。

獨自在海邊經營魚塭的伯父，會覺得孤寂無聊，就常喝著米酒解悶，但長期喝酒的伯父後來眼睛泛黃曾經肝炎發作過，治療好後卻又繼續喝酒……。

有一次我和從北部回來的堂哥去看伯父，我在那五棵木麻黃樹邊，還看到一大堆的空酒瓶！寒冷的海風不斷的從寮外吹來，伯父喝了一大杯米酒後，說這樣比較溫暖，才帶著我和堂哥，拿著魚網和竹籃去魚塭撈魚。在寮外比較明亮的光線下，伯父泛紅的臉上，眼睛卻又有點發黃了，我知道伯父的肝炎又發作了。

魚塭裡水紋波動不已，伯父愉快的說魚兒已長大快成熟了，再半個月以後就可以捕撈賣出去了，我們很快的捕撈到幾尾肥大鮮活的魚兒，裝在竹籃裡，就提入草寮後的廚房裡準備煮了。

伯父開始在廚房殺魚，堂哥也點燃著灶裡的火煮飯，我在大灶旁邊用竹扇搧著火，也把一小捆一小捆的木麻黃葉子放進大灶裡當燃料，記得上次我和父親來找伯父時，我在寮外木麻黃樹下撿了不少乾燥的葉子，綁成一小捆一小捆的，就成了大灶的備用燃料，那時伯父煮飯時，乾燥的木麻黃葉子，燃燒得很旺很順；但是幾天前都下著雨，使得葉子潮濕，燃燒慢又不斷飄起濃濃的黑煙，使人鼻塞眼紅的，使我又想起患了肝病的伯父，不就像下雨變得潮濕的木麻黃葉子，變得不易燃燒般的沒有活力，而使人感傷不已……。

人有健康的身體，才有快樂的生活，不管做什麼事才有勁，也不管他年紀有多大啊……。天色逐漸昏暗時，伯父點燃了三盞電土石燈後，伯父已做著煎、煮、炒、炸的各種魚料理，最後用中藥燉著魚，伯父說要等一陣子才會入味好吃，叫堂哥注意火候，就騎著腳踏車說要去鄉內買酒。半小時後，堂哥和我站在草寮前面，往黑漆漆的遠處看著伯父回來沒，不久，一台亮著燈火的腳踏車，沿著塭岸彎彎曲曲的騎過來，明亮的月光下，伯父隱約的出現了。

一會兒，腳踏車停在草寮前，我們把半打米酒和一包落花生、幾罐罐頭拿進草寮裡。今晚吃鮮魚大餐，伯父愉快的喝著酒，堂哥又提出要伯父去北部一起住在一起的事，因為喜歡熱鬧都市的伯母已和堂哥住在一起，而在幫別人照顧小孩，但是背負一些債務又習慣住在寧靜鄉下的伯父，除了養殖魚塭也沒其他技能賺錢，喝醉酒的伯父也就大聲的斷然拒絕了。

那晚堂哥和我睡在伯父旁邊，閃爍的電土石燈光中，我聽到草寮外面的木麻黃樹葉被海風吹得更大聲「咻、咻、咻……。」的作響，也有海浪的聲音傳來，我想到伯父平常一個人在這荒涼的海邊養殖魚塭，實在是太孤寂了，我又不能常常來陪伴他，就一直翻身睡不著，一直到漁船出海補魚，「剁、剁、剁……。」的船槳聲出現後我才逐漸的睡著。

第二天早上六點多，我們吃了早飯，堂哥和我就離開了伯父，我們看到溫暖的陽光把出海口照得亮麗不已，奔向海裡的河水潺潺流著，而入港的漁船，也「剁、剁、剁……。」的從出海口那邊傳來船槳的聲音。我在想出海口總是使人充滿了希望，不管奔向海裡的河水，或是入港的漁船，都是物換星移的一種過程，就像沒其他技能賺錢的伯父，為了還清一些債務又習慣住在寧靜的鄉下，就孤獨的在出海口養殖魚塭，不久，出海口從我的眼眶消失時，我的心裡還是感慨不已。

※金門日報副刊

寄情鳳凰花

悶熱的夏天，鳳凰花開的正茂盛，豔光四射的鳳凰花，似乎安撫了人們在夏季容易浮躁的心，枝葉開滿整叢的鳳凰花，又像情人熱戀的心情讓人感動。

我和堂姐從小，在夏季都很喜歡欣賞鳳凰花，雖然都歷經國小、初中、高中畢業時，和同學要分別的感傷，但是人總是要成長再往上升學的，那時看到鳳凰花，有感慨也有喜悅的心情交集著，只有鳳凰花能撫慰我，讓我有比較好的心情，渡過那幾次畢業的夏季。

再過了幾年，也是鳳凰花盛開的夏季，堂姐終於要嫁到幾百公里外的北部，從此我不能和堂姐共賞鳳凰花了，那一年，我獨自賞鳳凰花到花謝結子，鳳凰樹也是想辦法要有後代，在別個地方，延續它在土地上的生存，讓鳳凰花每年在夏季豔麗的開放。我也祈禱明年堂姐能有寶寶出生，所有希望只有寄情鳳凰花了。

※青年日報副刊

相依的背袋

二年前買了背袋，長方形厚尼龍布織成的。幾乎天天背著，洗過幾次，那背袋，它是我所有使用過背袋中，唯一可以裝得下幾本書，外加一些乾糧，它是那麼大，輕，強韌可信。

在東方，囊袋常是神秘的，背袋裡永遠自有乾坤，我每次臨出門把那裝得鼓脹的背袋往肩上一搭，心中一時竟會百感交集起來。

那裡面曾放入我多少次，我午後去郊外遊玩，休息時吃的麵包，和在樹下看的書，又有多少信，多少報紙，多少的名片，多少婚喪喜慶的消息在其中佇足而又消失，更重要的是多少錢，放進又流出，多少書，不論各種證件車票，或幫人買的美味食物放進又取出，一隻背袋簡直是在演著，一段小型的人生舞台。

背上袋子，兩手就比較輕鬆，讓我覺得很自在，有無數可以掌握的好東西，我可以輕鬆的去遊山玩水，背袋是一種甜蜜的牽絆。因為背袋不輕不重地在肩頭。去山上玩看到幾枚掉落的松果，或是去海邊玩水撿一些貝殼，都能輕易放入背袋裡，那些真真實實發生過的生活，讓我覺得很愉快，所以我愛那幾乎天天和我相依相伴的背袋。睡覺前，我把整理好的背袋放在床前，總會用憐愛的眼光看背袋幾眼才睡著，等待明晨的不同充滿希望的美麗行程。

※更生日報副刊

金門的菜刀

台灣製造的菜刀，大部份用南部大港口人家拆船後，所得的一些鐵材，和少量的鋼材，來做為原料。早期都是二個人把風火爐煉紅的鐵材，一人一手用鐵夾夾住煉成炙紅的鐵材，放在鐵砧上一手舉小鐵鎚，和對面雙手舉大鐵鎚的師傅，一上一下有節奏的把炙紅的鐵材打成刀形，還要第二次的煉成炙紅，和一起煉成炙紅的鋼片，夾入剝開的刀口內，再打成密合狀的刀形，再經過加工成為平滑鋒利的菜刀。

金門的菜刀都是使用八二三炮戰期間，人民解放軍砲擊金門的砲彈彈片、彈頭所製造，因菜刀鋒利耐用而著名，又稱砲彈鋼刀，金門菜刀是金門縣的特產之一。一顆砲彈可以製成五十把左右的菜刀，1958 年至 1979 年之間，解放軍使用榴彈和砲宣彈砲擊金門；20 年間有超過 100 萬枚砲彈落在金門。砲擊前期使用會爆炸的榴彈；後期則使用不會爆炸的砲宣彈，因此這些砲彈至今尚未用完。金門菜刀的主要材料是這兩種炸彈。

早年到金門當兵的中華民國國軍返回台灣時，常會帶上幾把作為紀念；在小三通後，金門菜刀亦成了中國大陸觀光客爭相搶購的紀念品。可見菜刀很具有紀念價值。金門的菜刀台灣的菜刀，雖然都已半機械化製造，過程總是要鍛鍊成炙熱火紅，要用人工去打造，而噴起的無數紅鐵削！會噴到打造人只穿內衣的地方，或其他赤裸的部位，而有微痛感！他們都忍受著，可見製造菜刀的辛苦。

台灣菜刀是刀口加入一片鋼，刀口磨久就不利了，金門菜刀是整支菜刀都是鋼材，磨久就都是利的，而且不易生銹，台灣菜刀就像大船雖然有跑遍過世界的經歷，但是沒實際去體會到各國的真正情形；金門菜刀那是有經歷戰爭的血淚史，而且是深深的烙印在當時人民的心裡，金門菜刀是有體會悲慘歷史背景的。就像金門人經過八二三炮戰的洗禮，變得更堅強，好像整支刀都是鋼質的金門菜刀耐用好切，那樣讓人感動的。

※金門日報副刊

溫馨的過年

小時候是多麼的盼望過年，進入臘月就開始天天數著指頭算，恨不得把日曆一直撕到過年。在南部讀書的我，更是盼望春節放假回家團聚。早早買好了過年的東西，歸心似箭呢！最高興的是剛剛一進門口，妹妹早已等候在那裡了，一見到我，就把我帶的東西搶到手，愉快地拿去給父親。

讓我感覺好溫馨呢，家裡已清掃的乾乾淨淨，大門上貼著門神和對聯，一派過年的景象。母親在廚房裡忙著，燉肉的香味瀰漫著，和鍋碗瓢盆的響聲，像是一曲歡樂的交響樂，妹妹分到了我給她的禮物，就跑到外面去和小玩伴們炫耀了。

家裡只有我和父親在閒談，桌上擺滿了花生瓜子，糖塊，蘋果，還有我喜歡吃的鹹酸甜，吃一口還滿好吃的，父親不斷的問寒問暖功課有沒有進步。父親對待孩子很少打罵，都是以身作則，我坐在父親身邊聊著，享受著那一刻的親情和溫馨。晚餐是豐盛的，一家人坐在一起高高興興，我被濃濃的親情包圍著，每逢過年我都會想起，心裡有無盡的留戀和感慨。

※青年日報副刊

鄉村暮色

夏末秋初，浮雲鑲嵌在曠遠的藍天，潔白如雪，柔和似棉，靜如處子，動如脫兔。晨曦太陽露臉時，點燃滿腔激情；黃昏時分，繽紛燦爛的晚霞彷如太陽高舉愛情的玫瑰；當夜幕降臨，月亮掀開薄紗時，猶如含羞新娘般溫柔優雅。天幕上一抹淡藍的淺痕，猶如詩人離鄉時掛在籬笆上的愁緒，惆悵得讓人心疼。竹籬上一叢牽牛花開得絢麗，紫色花蕊上停駐一隻藍得透明的蜻蜓。空氣裡瀰漫著野草和塵土的氣味，我脫下鞋襪，赤腳從潮濕的泥地走過，鬆軟的塵土像細小的噴泉，從腳趾縫裡擠出水來，那熨貼又帶著草香鬆軟的觸感，讓人清爽舒心。

黃昏時，螢火蟲在路邊的水溝旁優閒閃爍，忽明忽暗，總會讓人想起童年的歌謠，牽引著赤子之心回想兒時：「螢火蟲飛不停，眨著明亮的眼睛，跳著舞踩著風，點亮滿天小星星……」當星星還未閃亮，窪地的薄霧中老牛緩步歸來，吃飽了草料的牛隻打著響鼻，心滿意足地將脖子上金黃的銅鈴搖得叮噹作響，驚醒了鄉村的寧靜氣息。

簷下鳥語呢喃，菜園蟲兒唧唧，池塘蛙聲呱呱，偶爾還會聽見清越憂傷的簫聲，把村莊點綴得淳樸幽雅。鄉間小徑的農人都已踏上歸途，遠處炊煙四起，還有孩童的嬉鬧聲在滿天彩霞中回響著。

※青年日報副刊

夏天的情趣

炙熱陽光下，人們穿著衣服熱，光著膀子、袒胸露背熱，搖著扇子吹著電風扇還是熱，熱得揮汗如雨，熱得心煩氣躁。人們汗流浹背，動物們氣喘吁吁，天地間猶如無形的蒸房一樣熱氣騰騰而又不可抗拒。

還好大塊大塊的烏雲壓過來了，一道炫目的閃電劃破長空，隨之而來的是陣陣驚天動地的雷聲，繼而狂風暴雨，來勢洶洶。原本靜若處子的樹木披頭散髮，瘋狂搖動；乾燥的大地雨花飛濺，水流成河；於是過高的氣溫降下來了，人們感到涼爽舒適，心曠神怡。雨過風息，日出雲散，一彎美麗的彩虹高掛西天。這乍陰乍晴，這風雲變幻，使人精神亢奮，使人心靈震撼。

夏天是花朵盛開美麗的季節。各種花兒競相開放：荷花、蘭花、百合花、女貞花、月季花、夾竹桃花……，姹紫嫣紅，芳香醉人。也是水果成長的季節，石榴、核桃、蘋果、香蕉、荔枝、芒果……，各種果實掛滿枝頭，賞心悅目，花朵和水果都很吸引人的目光，這就是夏天的浪漫！也是夏天的壯觀和不凡。

夏天是成熟的季節。秋天是收穫的季節。瓜果蔬菜，車拉人扛，一片繁忙景象。夏天百草繁茂，樹木森森，山清水秀，風景宜人。夏天是人們自我展示的季節。男人強健的體格，女人婀娜的身姿、白皙的皮膚，隨心所欲，自然灑脫。

夏天有戀花的蜂蝶，戲水的鴛鴦，上樹的螞蟻，河邊的蛙鳴。夏天也有難捱的酷熱，愜意的清涼；驚天動地的雷電之兇猛，也有細雨濛濛、和風微拂的款款柔情。那是夏天最強的節奏感。夏天具有鮮明的個性，有時張揚，有時內斂，有時熱情奔放，有時默不做聲，有時烈日炎炎、白雲漂浮、萬里晴空，有時陰雲密布、暴風驟雨、電閃雷鳴，許多極富情趣的生活場景是夏天獨有的。

※金門日報副刊

歡喜迎新年

小時候春節年味濃烈，雖沒有華麗的佈置，但家家戶戶擦擦洗洗的，親朋好友都陸續返鄉。當喜紅的春聯一一貼上，即使冷風吹襲，孩童們的臉蛋依舊歡喜得紅彤彤的。

兒時最期待過春節，因為可以收紅包；親友農忙後，總會來往問安，歡樂地發紅包，人人都想討個吉利，播放應景的年節音樂更從沒停過，到處都熱鬧極了。

逢年過節時，最開心的就是孩童們，不但吃糖、嗑瓜子，還可飽嘗豐盛大餐。天色未暗鞭炮聲便四處響起，蝴蝶炮、沖天炮、仙女棒統統都出籠了，在嘻笑聲中點燃爆竹，夜空的沖天炮陸續迸裂，鼓掌、叫鬧聲讓年味更濃了。

熱鬧的農曆新年，節慶氛圍濃厚，街上到處播放年節應景音樂，孩童、大人都穿得火紅又喜氣。

孩子們衝進柑仔店買糖果、玩尪仔標、放鞭炮，或是去玩抽抽樂試手氣，拿到紅包喜洋洋，小店老闆也開心極了。

大人們到處串門子敘舊，久未來訪的親友一起泡茶、唱歌，人人都好歡喜。年節時即使寒冷，但人們都以暖心迎接新年。

除夕當天，那貼滿家戶的紅春聯，更是記憶裡最鮮明難忘的年味。

※青年日報副刊

金門人的精神

台北市重慶南路，原本有許多家書局，因為科技的進步，紙本書或雜誌，大多改為網路化經營，使許多家書局，生意不像往日興盛，大部分就結束了營業，實在讓人感到婉惜。

有一天晚上，我走在萬華，在一條不起眼的街路上，看到一家大元書局，一走進書局，一張有點面熟的臉孔，親切的招呼我，我才認出是幾十年前，就認識的老文友，來自金門的顏國民，想不到他以前，在文化界頗負盛名，在採訪方面，更是高人一等，尤其對金門的風土人情，報導的更是詳細動人，使金門更加的植入人心，而歷久難忘。我知道他最喜歡的，還是純文學創作，那時他還抽時間，找楊樹清和我，在每周固定的晚上，找一些文友，創作和討論作品，以求自我寫作能進步。但是為了現實的生活問題，他還是在報紙與雜誌社之間，辛勤的工作，結婚後他生計更加的沉重，就日以繼夜的兼差文化工作，幾十年來總算讓他熬出頭，他的後代都擁有高學歷，又有很好的工作。

為了完成他的心願，在書局經營不被看好的時機，他毅然的又經營起書局，雖然書局賣的大部分是，有關於星象方面的書，也有開設星象教導課程（今晚剛好沒有星象教導課程），其實他想以，賣星象方面的書，和星象教導課程，所賺的薄利，來支付店租和開支，而且能利用星象教導課程，以外的幾天晚上，提供場地和茶水，招來一些喜愛純文學創作的文友，延續純文學寫作的風氣，這是他最大的心願。

我覺得他還是，保有幾十年前，年輕時對文學創作的熱情，所以決定參加他的勤寫小組，當我離開他的書局時，一直為他的理想而感動，我再回頭看書局時，那盞明亮的看板燈，而想書局裡面只有他一個人，默默的在看書、寫作，又想起電視上萬華龍山寺，早已有好多人，在排隊等候要點光明燈，而書局的那盞看板燈，不就是文學界的光明燈，在指引著熱愛文化的朋友，難得的一盞燈，雖然不像廟裡的光明燈，幾百或幾千盞，那麼的耀眼，但是只要有象徵性的意義，不管有幾盞燈的書局，總是會把文化延續下去的，而他能獨守著書局，不走向繁華夜晚的萬華，去享受酒池肉林，也是很樸實的金門人的精神。

※金門日報副刊

細雨中的龍潭湖

遊覽車來到礁溪鄉的「龍潭湖」，那是宜蘭五大名湖中面積最大的湖泊，龍潭湖排在「蘭陽十二勝景」之一，我們下了遊覽車，就有綠意盎然的樹木，包圍著停車場，但是天空卻飄著烏雲，涼風不斷的吹來，只見三面環山，景色相當秀麗，草皮保養照顧的很用心，雖然天氣陰沉沉的，而草皮依舊綠油油的！在環湖道路旁的樹林更是綠意叢叢。

「龍潭湖」原名「大埤湖」，後來因為好唸與吉祥之故才改名「龍潭湖」。距離宜蘭市區大約六公里，交通很便利。此湖面積約十七公頃，湖面遼闊，水深大約五丈，是宜蘭五大名湖中面積最大者。湖區仍保留了原始自然的風味，我們循著環湖道路悠然的漫步，只見兩旁綠樹垂蔭，蝴蝶翩翩飛舞，偶而幾隻白鷺鷥掠過湖面，為寧靜的山光水色增添不少美感！好多低飛的蜻蜓，大群的出現，象徵著要下雨的現象，山坡前有人種植菜瓜，金黃色的花朵，滿菜圃的怒放，番薯葉覆蓋了滿圃，茄子也正肥那紫色也很吸引人的目光，龍鬚菜也捲著幼嫩的鬚藤，正適合採收的時候，土雞也在圍著的竹籬笆內活動著。湖的附近有廟宇數座，龍潭寺位於山腰上，由湖旁沿山坡路蜿蜒而上，是一處清靜的佛教寶地，可遠眺整個湖面景觀。

環湖路程約三公里，湖面上山影倒映在綠波上，有的人就租腳踏車來個環湖之旅，也有鋪設在湖邊的木棧道，我們發現湖岸邊種了一排穗花棋盤腳，花還沒開放，不然一定很美。龍潭湖與梅花湖不同的是，梅花湖有遊船提供遊湖，而龍潭湖上並無船舶，只有清理湖面垃圾的，引擎發動的工作塑膠筏。因此湖面的青山倒影如鏡。所以龍潭湖的湖光山色讓人有悠遠寧靜之感，令人心曠神怡。我覺得龍潭湖沒有藍天的倒影，卻添了幾分神祕的朦朧美，而使人感到心曠神怡。龍潭湖三面的山雖然不高，卻有雅緻的美，不像有些中高山，在沒有下雨的天氣，有時就被雲霧掩住了翠綠的真面目，矮山能時常呈現整座山林的綠意生態，想爬到山頭運動，也比較容易而大眾化，更能多呼吸新鮮的芬多精，而能真正達到親近山林的目的。

細雨開始下起來了，三面的環山，在山嵐飄移中，逐漸變成白茫茫的一片，而湖水淺處突出的枯枝上，也見夜鷺佇立，伺機等待獵食機會。而山風吹過湖面，泛起碧波漣漪，陣陣清風送爽。樹木的枝葉，和草皮沾著點點的小水珠，更加的亮麗，湖水上的魚影，更加躍動的出現，細雨飄飄然，增添了龍潭湖的淒涼美景。

遊覽車載著我們離開龍潭湖，不久停在一處賣包子、饅頭的店家前，包子、饅頭不論那一種，都是一個十元，大家就下車大量購買，肚子餓了也可以現吃，這次龍潭湖之旅，精神上和物質上大家都有了大豐收，難忘的龍潭湖啊！

※更生日報副刊

牽牛花繫情

屋前三角形竹棚上牽牛花正盛開著，枝藤葉也濃密地蔓長爬滿棚架，清晨沾著露水的紫色牽牛花雖然沒有梅花的清香，櫻花、桃花的紅艷秀麗，卻有一種清新的美感。熾熱的中午，家人喜歡到有涼蔭的竹棚下乘涼，雞、鴨、鵝群也不甘寂寞來湊熱鬧。

牽牛花堅韌的藤蔓攀附圍牆上，磚瓦屋頂也被爬滿了，鄰人說我家就像一座「花草屋」，屋裡確實降溫了！夏天打開木窗，吹著電風扇更增清涼。牽牛花的名稱由來有兩個說法：一是根據唐慎微《證類本草》記載，有一位農夫，因為服用牽牛花種子而治好痼疾，感激之餘牽著自家的水牛到田間蔓生牽牛花的地方謝恩；另一種說法是因為牽牛花的花朵內有星形花紋，花期又與牛郎織女相會的日子相近，故而稱之。

牽牛花和水牛同樣堅韌，大舅父能把休耕的土地從犁田、播種到農作物收成，大多依靠水牛的力量完成，大舅父、牽牛花及水牛都擁有刻苦耐勞的精神。牽牛花無需特別照顧就能長得茂盛清麗，而且不易萎謝，牽牛花讓家有了更亮麗的姿彩；大舅父和水牛的勤勞使田地生產豐美的農作物，他們的精神都讓人感動又敬仰。

※青年日報副刊

人老心不老

坐交通車輛，以前在鄉下沒設博愛座，年紀比較大的乘客，或行動不方便者，上下車動作慢，也沒什麼改善方法，乘客滿車時沒人願意讓座時，坐車實在是一種折磨，萬一突然煞車，都會造成不可意料的傷害！我搬到新北市三重區已經幾十年，由上班到退休，眼看社會變遷進步很大，公車路線愈來愈多，公車裡面博愛座也清楚的設置，有的公車也有輪椅乘客的上下車的熱誠服務，看的實在很感動人！車資也一直很便宜，幾乎很少調漲，老人優待票的德政，更使老人減輕經濟負擔，也能愉快的和同伴坐車去郊野運動，觀賞風景增加生活樂趣，或搭車去各處聽演講，可以增加新知識而跟得上時代潮流，欣賞演奏會也能陶冶心性，甚至有人認真學電腦，也不輸年青人學習的精神。

大台北捷運系統逐漸完成後，交通更便利了，為了使老人或行動不方便者也能順利搭乘捷運，電扶梯和電梯就發揮了功用，連拿比較重行李箱的乘客，也能輕鬆的搭捷運了。捷運運輸四通八達，大台北地區不論多遠，搭捷運只要一小時左右都能到達，乘坐捷運不會誤時又舒適安全，只要懂得怎樣轉乘，那就更省時間了；不像幾十年前住鄉下時，要去找親友或到外鄉鎮辦一點事，只是幾公里的距離，客運車班次少，車速又慢，如果需要轉車又要等一段時間，所以等車、坐車時間幾乎要半天左右，那時老人怕坐車勞累，所以盡量不去搭客運車，有的寧願騎腳踏車或摩托車比較自在。在都市有多班次多線路的公車，更有舒適安全快速的捷運交互可以搭乘，所以老人或行動不方便者，就安心的出門搭交通工具了，辦事比較快，一天也能多找幾個親朋好友啊！

記得從南部剛搬來三重區，先住瓦屋再來住二樓的磚牆水泥屋，那時很少高樓大廈，很多是二、三樓連棟的磚牆水泥屋，後來經濟發展後，高樓大廈四處建造，有的是作為百貨公司、大賣場、醫院、娛樂場所、辦公大樓等用，那種大樓都設有電梯，十幾樓搭電梯很快就可到達，我家的磚牆水泥屋許多鄰居的人說屋齡已三十幾年，外觀老舊、屋內有的也已破損，大家提議翻建成五樓，這樣我們保留原有的戶數，其餘才歸建商所有，也就是說舊樓翻建後，住戶可以換得到新屋，新樓翻建後卻沒電梯，抽到五樓的我家，只能爬樓梯了，對於年紀比較大的母親，那也就吃力不已，還好母親以前在鄉下種田勞動習慣，身體還算可以，爬樓梯就當作一種運動。

家附近有一座公園，是很難得的一塊綠地，有樹有花也有兒童玩具，成人的運動簡易器具也有，里辦公室在公園的二層水泥屋裡，設一個服務處，也辦各類才藝班，或一些講座，使老人婦幼有學習和娛樂的場所。早晨天色剛亮，公園裡就有人在運動，跳舞班、舞劍班、法輪功班等，大家充滿精神的練習著，早起的老人很多人參加，都市只有早晨空氣比較好，而且在公園能吸收樹氣和赤腳踏在土面上，那對人體都是有益的，白天樹下也成了老人聚集聊天泡茶的場所，公園可以舒解老人在家裡的無聊，能交到新朋友，也能帶著孫兒來這裡玩耍，享受天倫之樂。因為家裡年輕人不是去上學就是上班，繁忙的工商業社會，白天家裡很多只剩老人、幼童，整天在家裡看電視或聽收音機也是很無聊，所以政府都會盡量設置公園，增加人們的活動場所，公園的多少也是代表都市的肺呼吸量有多少。

都市鄰居的人情味似乎比住在鄉下時比較淡薄，有的樓上樓下彼此不認識，甚至同層樓門戶緊鎖，一直不相往來，白天只剩老人、幼童的家裡，萬一有什麼緊急的事發生，也很難找到別人來救助，還好政府和熱心的民間團體有一套老人緊急事項保護網，使老人遇到緊急的事能降到最低損害。

人總是會老的，臨老也只有面對，建立樂觀的心態，雖然社會不斷進步，科技日新月異，在霓虹燈五彩繽紛中，人情愈來愈冷寞，只要心不老，勇敢踏出去接觸新社會，跟人多誠心來往，相信在政府制定的老人關懷條例下，和熱心的民間團體的協助中，老人生活也能活的多彩多姿的。

※更生日報副刊

百千層樹的回憶

在伯父的打鐵店前面，有一棵百千層樹又開滿了花朵，花香隨風飄散著，「起起國國、起起國國：：：：。」的打鐵聲，時而響起，我和同學在百千層樹下玩著跳房子，許多被風吹落的一絲一絲的花穗，就落在我們身上，使我們玩的更有趣。

我往打鐵店裡看去，那被鎚打的鐵片不斷噴起的紅色鐵屑，就點點的噴到伯父和工人的身上，有的炙破內衣，就成小黑洞，而噴到手臂上甚至臉上的，就黏附在汗水上，就成了小黑點，雖然有點痛，但是他們都忍著沒理會。

那時伯父為了養家經營打鐵店，每天都辛苦的打鐵，在百千層樹開花的季節，生意比較好，伯父晚上常常做到十點多才休息，而我和同學也喜歡在百千層樹開花時，在樹下玩遊戲，聞那清淡的花香，我們也剝起百千層樹的外皮，可以當橡皮擦擦字，但是百千層樹的外皮好像剝了一層又出現一層，能使我們剝了很多層而不用花錢去買橡皮擦。但百千層樹還是繼續長出外皮，而長的很好啊！

幾年後，因為農業機械自動化和刀類工廠以機器大量生產，價格比手工製造的便宜，伯父的打鐵店生意就愈來愈差，到了百千層樹開花的季節，生意更差，伯父終於辭退工人，關了打鐵店，那天，伯父舉家要搬到北部熱鬧的都市另找生計時，親友都到百千層樹下相送，百千層樹花香依然隨風飄散著，但我們的心情卻很沉悶，我想時代的進步，科技的發達，有些傳統的手工業會逐漸被淘汰掉的，就像百千層樹開花的季節很香又亮麗，但花季過了以後，花朵落盡花香不再，那樣的使人感慨，也只有期待下一季開花的季節來臨，再看亮麗的花朵，聞那清淡的花香，伯父的事業就像百千層樹落盡花朵的悽涼，伯父的精神就像被我們剝了很多層皮的百千層樹，還是繼續長出外皮，而長的那麼好的使人感動啊！伯父堅強的要另外去尋找能維持家人生計的工作，親友送走伯父一家人後，我也默默祝福伯父在下一次百千層樹開花的季節時，已有很好的工作啊。

※更生日報副刊

榕樹下的感想

離街尾不遠的阿火伯，孤立的瓦屋前，種有二棵榕樹，茂盛的枝葉中有很多小鳥在啼叫，下午，有時祖父帶我去樹下找人聊天，阿有推著賣碗糕的流動攤販到了樹下，祖父常買給我吃，我一直覺得大榕樹的主人阿火伯好像吃碗糕都不用付錢，我曾聽到別人納悶的問著在場老一輩的人說，阿火伯和阿有非親非故，怎麼吃碗糕都不用付錢？在場的阿屯伯指著一棵比較小的榕樹幹底部，有一道被刀砍成凹陷的痕跡，阿屯伯才說出了一個典故。

那是在幾十年前，賣碗糕的阿有伯年紀還小，他父親阿冬伯，家裡貧窮又常常失業，有一年冬天，阿冬伯家裡已沒有柴木可煮飯，阿有又爬樹落下來摔斷腳沒錢醫治，他想到阿火伯家門前的一棵榕樹比較小，半夜就去把它砍回來，枝幹曬乾後可以賣一些錢，給阿有治病，也可以留一些在廚房做燃　料燒。

阿冬伯就選一個月光暗淡的深夜，拿一把柴刀，走到阿火伯的家前　他看到阿火伯全家人已睡覺，屋裡只閃爍微弱燈光，他就大膽的蹲在樹下砍那棵比較小的榕樹幹，想不到夜深地靈輕，他砍樹的聲音引起屋內的狗大聲的吠叫，還沒睡著的阿火伯立即起床，從窗外看到有人影，就走到客廳打開門，而抓到了阿冬伯偷砍樹的惡行，阿火伯生氣的本想抓他去派出所報案，經阿冬伯苦苦的哀求，並說出了阿有斷腳需要錢治療的傷心事，仁慈的阿火伯看那樹幹只砍了一些，樹還是能活下去，又想到阿冬伯兒子的斷腳，不就像樹被砍傷了一樣，都是使人傷心的，他教訓了阿冬伯不該有這種不好的行為，最後阿火伯拿出一筆錢借給阿冬伯說要給阿有治病用，剩下的就拿去做點小生意。

阿冬伯非常感謝的離去後，慚愧的心裡在想著，以後就賣碗糕，這樣就能維持家裡的生活了。

阿有的腳傷治療好後，阿冬伯就利用阿火伯借給他剩下的錢製作碗糕，首先他用竹擔擔出來叫賣，由於他很用心的製作碗糕，都很真材實料，有很多人都吃上癮了，而成為他的主顧客，而他路過阿火伯的家都會主動的送幾碗糕給阿火伯的家人吃，經過二、三年後，阿冬伯賣碗糕也存了一些錢，當他把阿火伯借給他的錢拿去還時，阿火伯不算他的利息，阿冬伯感動的說，以後阿火伯吃他的碗糕都不用錢。阿冬伯年老後，由阿有繼承賣碗糕的家業，他改用有輪子的流動攤販經營，可以賣更多的碗糕，賺更多的錢，他也不忘本的會免費的請阿火伯吃碗糕。

我看到那棵比較小的榕樹，也長的枝葉茂盛，那曾經被阿冬伯偷砍過的嚴重傷痕，還清楚可見，而阿火伯的仁慈和阿冬伯父子的奮發向上的精神，也一直長記在我心裡面的。

※更生日報副刊

小水溝

星期日下午我和同學，提著小鉛桶和短竹柄的尼龍繩撈網，從家裡走到街尾一顆高大的木棉樹，旁邊有一家雜貨店，我們買了店主人自製的冬瓜茶喝完後，經過木棉樹就是通往其他鄉鎮的三條柏油路，我們就朝著一條兩旁整排木痲黃樹，長的比較茂盛的柏油路走，路兩邊都是連接到幾公里溪畔的田野，可以看到農人在田地上辛苦的耕作，沿路很寧靜，只有悅耳的鳥聲在木痲黃樹枝葉中啼叫著，偶而痲雀會飛落樹下的草埔上跳躍著，低頭啄食小生物，牠們也會飛過樹邊的小水溝，啄食剛成熟的穗粒。

我們穿著短褲，看溝水不是很深，就直接把腳踏入小水溝裡，「好涼爽喔！」我們不約而同的歡呼著！溝水很清澈，迴游的魚蝦隱約可見，整條小水溝都是木痲黃樹枝葉的影子，所以覺得更加清涼，我把撈網伸入水裡有魚影的地方，再小心往上舉起來，魚蝦就在網裡活蹦亂跳了，我把魚蝦脫網倒入裝水的小鉛桶裡，撈了幾次終於撈到一隻比較的大鯽魚，其實撈到泥鰍或大肚魚也不錯，在幾十年前，農田還沒被農藥和肥料大量污染時，魚蝦、大肚魚、泥鰍、鯽魚等才能在小水溝安全的繁衍生存。溝水上也浮著一些木痲黃樹的枯葉，水萍也不少，有一種小生物很可愛，牠就在枯葉、水萍和溝岸草上，來回的快速跳躍，類似武俠小說「草上飛」的神秘武功！

溝水是從大圳的水流分支流來的，而大圳的水流是從水庫引道而來的，小水溝旁邊就是田埂，農人會視需要，把溝水引入田裡灌溉，所以相接的田埂，旁邊就有一道比較淺的水道，四通八達到各處田地，能使偏遠的田地都有田水可灌溉。就怕下大雨太久，雨水淹過田埂、小水溝、田地、甚至到道路，農作物泡在水太久，就會腐壞！農人辛苦的種植就白白犧牲，沒有收入又付出了種植成本，生活就很難過了⋯。農人看天吃飯也是無可奈何。

接近黃昏時，我們各自撈了都快八分滿桶的魚獲量，看到木麻黃樹下有不少的枯葉，就在周圍撿拾了一些，用麻繩綁固定後，才提起魚桶，抱著木麻黃樹葉回家，木麻黃樹抱回家曬乾後，也是廚房灶裡很好的燃料，而小鉛桶那些魚，母親能煮出幾種料理，為晚餐加菜。

※更生日報副刊

小鎮的風光

小河

從鎮裡往田野走去，十幾分鐘後會經過一條小河，河裡潺潺的流水聲中，使我想起伯父以前曾經帶著我和堂哥來河裡補魚，也能在乾淨清涼的河水中玩水消暑，那時一個下午可以補抓到滿水桶的魚蝦，河岸上翠綠的草埔中也能抓到肥大的青蛙。

伯父說更早以前，灌溉設施沒那麼發達時，河水就沒那麼流暢了，有時田裡農作物的灌溉不順利，就會影響到收成，家裡還沒自來水時，有的人就到河邊洗衣服，或挑清澈的河水回去煮飯、洗澡，遇到好久沒下雨的日子，河水低落甚至乾涸，田地的灌溉，家裡的用水只好用那帶點顏色有礦味的地下水了。

由於水庫供水的完善，現在的河水大都能充份供應田裡的灌溉用，但是農人的大量使用農藥，和上游工廠的排放有毒的廢水到河裡，使河水呈現烏黑的顏色，河裡的魚蝦幾乎快要被消滅了或變形，河岸上的草埔，長的不再那麼翠綠，甚至呈現枯黃的樣子，人們再也不敢下去河裡補魚蝦了，而更糟糕的是噴了不少農藥的農作物又吸收了被污染過的河水，吃進人體實在對健康有很大的影響。

甘蔗

利用假日的早晨，我和同學走到郊野，到一處成熟的白甘蔗田前面，看見農人彎著腰舉著柴刀，用力的朝向白甘蔗的底部斜切下去，發出「煞！煞！煞！」的聲響。農人快速揮刀之下，只見原本比農人還高的白甘蔗，一棵棵的應聲倒下，後面接著有農人來把倒下的甘蔗切掉根部和枝葉，把一枝枝的甘蔗堆疊起來，然後再用小麻繩一捆捆的綁起來。我們發現被切下來的枝葉上有花穗，於是就折下一些，拿蔗葉綁起來，白甘蔗的花穗拿回家後，可以放在胯下當馬騎，那飄動的花穗像極了馬的尾巴，實在很有趣好玩，或把筆心插進去，寫起字來也頂豪華的，也可以把花穗直接插在書桌旁、門邊、腳踏車上當作裝飾品。

甘蔗田的主人也會允許我們在田裏撿拾一些枯乾的蔗葉，回家之後，可以把那些蔗葉捆成一小捆一小捆的，放在後院中曝曬幾天，直到完全乾燥後，就可以拿去大灶做燃料了。

田主人和糖廠簽約所生產的白甘蔗，是不能隨便吃的，白甘蔗必須全數繳回糖廠作為製糖原料。如果有人吃了白甘蔗，被發現是要處罰的。但是，口味清甜的白甘蔗還是讓小孩子忍不住會去偷吃，有的藏匿在高高的甘蔗叢中偷吃了起來，有的把甘蔗切成小段藏在衣服中或袋中，再帶回家品嚐。

我們到了一片空地上，看到鋪設著半圓形鐵軌的迴轉道，那是白甘蔗的轉運站，五分車頭把幾台空台車放在那鐵軌上，等農人把採收好的白甘蔗載來這裏，再一捆一捆的移到台車上擺放堆疊。堆滿白甘蔗的台車如果有五分車經過，先從半圓形鐵軌的一頭放入空台車，再從另一頭倒退進去拉走滿載白甘蔗的台車，那也是農人辛苦種植白甘蔗的移交過程。「起嗆、起嗆、起嗆．．．。」，冒著黑煙的火車頭，拉著長長的滿載白甘蔗的台車，往糖廠加速而去，農人辛苦的種植白甘蔗，就可以向糖廠申請錢了，一分努力一分收穫，農人的辛苦終於有了代價。

落花生

我曾經被雇用幫忙採收落花生，那是在暑假落花生的收成季節，一大早，我和採收的人戴著斗笠在田頭一字排開，一個人負責採收幾小嶺，大家彎著腰，二手用力的拔起低矮而翠綠的落花生的枝葉。「剝、剝、剝……。」的田土碎裂聲響起後，就能拔起土裡整串的落花生果實，我一手用力的甩掉黏在果實上的土屑，另一手張開手指，插入落花生的根部裡面，就可以向下用力褪落連在根部的果實，掉到下面的竹籃裡。到了十點左右，田主人請幫忙採收的人吃點心時，我覺得腰有點酸痛，大概採收落花生時上半身要上下不斷起伏，久了腰也是會酸痛的。

十二點多，田主人請幫忙採收的人去他家吃中飯，我們各自騎著機車或腳踏車，頂著炙熱的陽光，到了鎮尾田主人的家吃完中飯後，有的在竹叢下休息，有的在手搖抽水機邊搖起清涼的泉水，清洗著臉和手腳。

下午採收時，陽光正面照射著，大家把斗笠壓的低低的，正熱的陽光，使大家流出了更多的汗水，接近黃昏時，陽光變的暖和，我卻覺得露出的皮膚整天被炙陽照成黑黑的，又有點刺痛感，我回頭看那快要採收完的落花生田，心裡就覺悟到「一分努力，一分收獲」的道理，也覺得農人整年不辭辛苦的在田裡耕作，那是很令人感動的。

採收落花生的工資，有以天論酬的，也有以量論酬的，就是採收滿竹籃後，提去田主人那裡，倒入一個米斗裡，滿一斗就會領到一支寫明價錢和蓋著田主人私章的紙牌，下工後，晚上就可以去田主人家裡兌換現金，以量論酬的方式，使努力採收的人賺更多的工錢，也可以避免採收的人偷懶，是比較有工作效率的方法。

田主人用大麻袋裝的落花生，整牛車的載去國小裡面，可以披散在操場上曬太陽，田主人用帆布搭了一間簡單的看顧寮，白天田主雇請的工人會拉著竹耙仔，把成大嶺狀的落花生耙成小嶺狀，而後隔一段時間就來回的耙動落花生，使落花生整粒都能曝曬到陽光，而快點乾燥，那間看顧寮就成為曝曬落花生時休息的場所，晚上工人也會住在那裡，以防小偷來偷落花生。

曝曬落花生期間，如果遇到下雨，那就要趕快用帆布蓋住落花生，不然，落花生泡到水，會長芽報消的，所以說如果半夜下雨，工人會從看顧寮起來摸黑用帆布蓋住落花生，而呈現緊張又荒亂的情形。

落花生曬了幾天乾燥後，田主人又用大麻袋裝著，堆疊在牛車上載去脫殼廠，就整批的賣掉了。田主人也會送一些落花生給幫忙採收的人，我帶回家後，母親會用細沙或油炒落花生，與水煮落花生湯，都很新鮮可口，細沙或油炒的落花生，更能用玻璃罐密封儲存起來，以後再慢慢拿出來吃或配飯、粥，在那時落花生，自己採的落花生，吃起來的味道就特別香。

※文創達人誌

小鎮的熱鬧日

媽祖生是小鎮的熱鬧日，前幾天廟裡的人，會沿街挨家挨戶的收取戲金「一般都是隨意寄付」，也就是媽祖廟請戲班來公演的費用，和廟慶的開支，由鎮民平均分擔費用，媽祖生前一天，廟方會請人搭建戲台，那是木製四腳為底的高架基座，平均立九座成長方形，上面用鉛線橫綁厚長木板，上面再直披密更長的木板，在和下面的橫綁厚長木板交接處，再用鉛線綁牢固，也在各個基座外圍綁一支粗長的竹干，最後把籃紅相間的帆布，綁在竹干頂端，把面向媽祖廟後面的三面也用帆布封起來，這樣戲台就完成了。

媽祖生那天早上，母親會特別去菜市場多買一些祭拜用的菜，母親也殺了一隻自己養大的雞，雞是整隻祭拜的，內臟先拿起來，母親把煮熟的雞拿起來，剩下的雞湯就可以煮竹筍湯或粳湯的原料，煮起來的料理都很鮮味可口。母親把雞的內臟分門別類的和各種蔬菜，煎熬炒煮的做出美味料理，幾十年前在故鄉，雞都是自己養的，雞吃的是家裡的殘餚剩飯，也讓雞整天到處活動，所以雞都健康的長大，人工宰殺也是很清潔、安全又衛生的，所以雞內臟吃起來大家都很放心。

下午二點多，廟裡的神轎就會請神出來巡街，使善男信女當面祭拜，家家戶戶大多準備香案，排著祭品迎接神轎來臨後，全家大小都人手一支香，對著神轎默禱，祈求一家大小平安健康、事業順利發展，萬事都如意…。大家虔誠燒著金紙，也有人家放鞭炮增加熱鬧氣份，神轎前後有噴吶聲、鑼鼓喧天，煙硝味飄揚著街道，神轎巡街聽說能辟邪驅魔，使得家家戶戶大家能平安過日。母親收拾好香案後，開始準備晚上宴客的料理，我就走到媽祖廟前面看布袋戲，戲台上空的一面已搭上布袋戲團的龍飛鳳舞的古典彩色戲棚，只剩一個長方形的表演窗口，和一個懸浮的吊掛布景，雖然陽光還很炙熱，但是看戲的人愈來愈多，大多為小孩子，布袋戲下午大多演文戲，偏向歷史上忠孝節義的故事，在那時鄉下沒什麼娛樂，能免費觀賞布袋戲的演出，是一大享受，而布袋戲團也是很講究演出的水準、技巧，掌握木偶手法一流，配備樂隊依劇情奏樂，打仗也用擊炮發聲，充滿傳統布袋戲演出的情趣，不像現代布袋戲的演出雖然木偶加大了，服裝也裝飾的豔麗不已，但是卻只一個人演出，戲團主人就在他駕駛來的小貨車上，搭上布袋戲戲棚，把劇情的對話、口白、音樂聲、打仗聲、背景音等都錄成音帶，演出時就請出木偶，按照錄音帶的情節刻板的比出動作，又現代影視業發達，不論多精采的布袋戲影帶或光碟，都能很方便的租回家觀賞，所以現代布袋戲的演出幾乎沒什麼觀眾⋯⋯。不像以前演出者和木偶是連為一心、融入劇情，木偶一比一劃都帶有情感的。

快要黃昏父親的店提早收工，因為有幾個親朋好友被邀請來作客，等母親把菜煮好拿到桌上，父親就開始宴客，大人們都有喝酒，小孩子只好默默的吃菜，母親還再忙著煮出手路菜，以使客人吃的盡興而歸。宴席散後我洗好了澡，又趕去看布袋戲，晚場大多演武戲，戲團燈光弄的五彩繽紛，打仗時金光閃閃，加上當時才剛上市的瓦斯點火，噴出一道道長長的火焰，急促的奏樂、連綿的擊炮聲，更增加戲劇效果，一些做客的人吃了拜拜後，也加入觀賞行列，也有外鄉鎮的人來看戲，所以愈晚觀眾愈多，有的廟裡當值的頭家、爐主或有賺錢的廠商、店號，會在演戲進行中提供一些賞金，戲團主人會在戲棚前貼著一張紅紙，用毛筆書寫提供賞金者的廠商、店號、姓名，並且大字寫出賞金多少元，也會利用劇情告一段落後，請出主角木偶大聲宣佈每張紅紙上的內容，感謝他們熱誠的讚助，並且祝他們身體健康、事業鴻圖大展，這樣子劇團更提出精神賣力演出，劇情也就更加精采了！廟慶沒限制演出時間，有時都演到十二點左右才散場，所以小鎮的熱鬧日，是全鎮的人都誠心誠意的去慶祝媽祖生，連外鄉鎮的親朋好友也熱誠來參與，也是增加了不少人際間的感情，在那經濟還不是很好的農業社會，平常大家都省吃儉用，吃拜拜能稍為補充一下身體營養，看布袋戲演出，也是難得的娛樂啊！

※更生日報副刊

紅楓粉櫻吐艷

歲暮年終時，幾個好友邀約外出踏青，隨著地勢起伏向山頂攀爬，時而陡峭，時而平緩，讓我們吃盡了苦頭。途中遇到大片的岩石只能繞過，不過沿路爬上去，真讓我開了眼界，那紅果、紅葉，那米白的、亮黃的小野菊，連那岩石上的常青藤葉子也是紅色的，都是那麼突然地襲擊著我的眼球，有時一個轉身，絕妙的景致便乍然出現在眼前，讓人震撼驚艷，怦然心動。

不管秋涼冬寒再怎麼蕭條，季節總會以它自己的方式，表現獨特的美，也總會讓人們在失落之餘感受不一樣的舒心情懷。走進初冬的山林，最讓我驚詫的是那小小、火紅的果子，大小和黃豆差不多，小紅果長得圓圓的，一簇一簇聚在一起，它就那樣靜靜地掛在光裸的枝椏上，那野果只生長在寒涼的季節，這就是大自然給與人們的驚嘆。

雖說翠綠是生機盎然，但誰又能說紅葉不是生命的另一種展示，楓紅讓人感受金秋的絢麗，火紅的楓葉是誰的相思染成？激情在葉脈上燃燒，寒風愈涼，葉子愈紅，櫻花也是綻放滿樹桃紅，都是它們在撲向嚴冬前最隆重的炫耀儀式吧！

※青年日報副刊

鄉野的往事

搭車看時間

早期廠商有新的廣告，大多會印一些宣傳單，大部份為單色印刷，挨家挨戶的散發，鎮裡的人也樂於接受，因為上面有最新客運時間表，和縱貫線的火車時間表，在小鎮客運班次不多，最好先看一下客運時間表，等最近一班客運車時間快到，才去車站搭乘，比較不會浪費時間，尤其縱貫線的火車，在其他大城鎮才有設站，如果能算好搭乘那一班的客運車，去換搭最近停靠的火車，那就可以節省不少的時間，這種連續乘坐客運車和縱貫線的火車的安排，就要靠那兩種乘車時間表來計算了。

乘車時間表大多貼於牆壁上醒目的地方，家人早上上學，或假日要去外鄉鎮辦事、看電影，為了趕上適當的時間，又要靠乘車時間表來計算，當然客運車有時候會遲到，那種遲到的時間不要加算進去，因為只有人等客運車，而客運車是不等乘客的。雖然客運車、火車的時間有時候會變動，但是新的廠商也會逐漸出現，而散發最新的乘車時間表。

記得我第一次離開小鎮，要到北部工作時，也是看好了乘車時間表，準備坐那一班客運車去外鄉鎮再換那一班火車，我看到家人在乘車時間表寫的字：「不要被車等，一定要等車。」，父親曾對我說過客運車是不等人的，只有人去等客運車才可靠，使我體會到「不要被機會等，一定要創造機會。」世上有些事一定要把握，不然一霎那即消逝，那是讓人感嘆的，有些事不像要乘坐客運車，還知道那種時間可以等到車，而是突然來，也去的快，只有靠自己去創造，來時更要好好的把握，才能創造美好的人生。

我到都市工作後，覺得沒有新廠商在印乘車時間表，因為都市公車或客運車路線多，班次又密集，出去搭公車或客運車都不用等太久，就有車搭乘了。

雖然信箱塞著不少廠商的廣告單，但都沒有乘車時間表，漸漸的我就把那些廣告單當作包垃圾的紙，或摺成小紙盒狀，也能裝小垃圾「比如瓜子殼、土豆殼、甘蔗渣等等……。」只有回到故鄉還能看到老舊的乘車時間表，那是很讓我懷念的。

井

幾十年前清晨母親煮好早飯，總會帶著我去街尾的井邊洗衣服，晨曦剛出現，已有不少婦女或蹲或坐在石頭，揉衣、或用木棒搥打，我依靠圓井的邊緣，兩手用力拉一條麻繩朝井水搖晃，感到垂重時再慢慢拉上來，看到七、八分滿的鉛桶出現井口時，我才快速伸出一隻握著鉛桶的提把，另一隻手扶著桶底，就把井水倒在母親的衣盆裡，母親就開始洗衣的動作，我也繼續拉井水給母親使用。

黑肥皂是大家使用的洗衣材料，冷風陣陣吹來，母親雙手不畏寒意的泡在水中，揉出泡沫的衣服又要一次次的用水清洗掉，最後母親的臉頰有一點泛紅，大概母親太夠用力的關係！洗衣過程中婦女們總有聊不完的家事，井邊幾乎是鄉裡消息的轉播站，新舊消息都可以探聽得到，所以在鄉裡只要有人做了一小點壞事，會被宣傳的人人都知道，而且會流傳惡名很久，圓圓的井看起來就像一支大型的喇叭，以無形的聲音把鄉裡所有好壞的事都宣傳出來……。洗衣聲、講話聲，還有井邊一顆番石榴樹上的鳥啼聲，使得清晨的井邊熱鬧不已。

中午舅父從田裡遷牛回來，會把牛遷到井邊，也用鉛桶拉起井水先把牛身淋洗一遍，也用井水灌入牛嘴巴裡為牠解渴，因為牛一大早就被遷去田裡工作，回家時牛又髒又渴，井水是牛最需要的補給品。尤其在夏天清涼的井水，更能消除牛全身的熱氣。中午井邊很少人在洗衣服，所以龐大的牛隻，可以舒適的在井邊休閒一下。

井邊番石榴果實成熟時，會飄來陣陣淡香味，蜜蜂、蝴蝶、鳥兒、蟲兒、蟬兒都會聚集在果真枝葉附近飛舞或攀爬，連小孩子也想辦法要採摘番石榴，個子小的人還站到井口伸手去採果實，還好旁邊有人扶著他，不然一不小心落入井裡，那是很危險的！

最近回到故鄉，黃昏的時候，我走到了井邊，只有暗淡的番石榴樹影和孤單的井，偶爾傳來鳥兒、蟲兒的叫聲，井口長滿了青苔，可能大家都用洗衣機洗衣服，連舅父也改用機械種田，牛已很少在田裡工作了，所以也不用再拉井水為牛清洗或解渴了，井是不是也被時代的潮流淘汰了！就像那逐漸落入西邊的太陽，井在以前對人們是貢獻很大的，我望著附近以前的土角厝或瓦屋，有的都改建成五、六層的鋼筋水泥大樓，夜色暗淡後大樓先後燈火通明，井似乎更顯的悽涼，還好星月依舊還會伴著井渡過漫漫長夜，所幸鄉人共識要把井保留下來，我相信井的汩汩泉水會一直湧現出來，就像鄉人勤勞的精神是永遠不鬆懈的。

土豆油工廠

家斜對面的土豆油工廠，是阿可伯經營的，在幾十年前，母親都會叫我拿著豆油干仔去買，土豆油或麻油，阿可伯會用抽油器口，插在我的豆油干仔裡，再抽出一干仔的份量，抽取的過程中，就有一股土豆或麻油的香味飄散著。

每當貨車載著，滿車大麻袋裝的土豆仁，到土豆油工廠前面，就知道阿可伯又要提煉另一批精緻的土豆油，阿可伯會先先請工人把壞的土豆仁挑選起來，自己的工人忙不過來，就請臨時工幫忙，母親和我、妹妹，曾經去挑選壞的土豆仁，以賺取零用錢。就是把大麻袋解開，用雙手捧起一大把的土豆仁，放在扁平的圓形竹籃裡的一邊，壞的土豆仁撿到另外一邊，好的土豆仁，就裝在深底竹籃拿去製油機旁邊。

製油機是許多層的朝上凹槽，隔層堆疊著，「凹槽中間都有一個圓洞」，從最下面一層鋪土豆仁，一直鋪到最上一層，上面凹槽都能陷入下面凹槽，凹槽最下面有一條取油溝，當每個凹槽都撲滿土豆油，最上層再鋪上一個，比較厚的朝下的凹蓋，製油工人就把一根圓形長螺絲狀的鐵條，從最上層凹槽慢慢伸進去，一直到最下層凹槽底部為止，再把一支圓鐵棒伸進圓形長螺絲狀的鐵條底部的圓洞，兩個工人就開始，兩人雙手推動同邊的方向，凹槽就慢慢沉下去，「像鎖螺絲的樣子」，土豆油也由少而多的，逐漸滴到取油溝。

兩個工人來回走動不知幾次，除了喝水休息一下，總是把土豆仁盡量擠的一點油都不剩，一直到土豆仁成為乾涸的圓餅狀，兩個工人才停止擠油的動作，才逐層的取下凹槽，把乾涸後凝成的豆餅，從凹槽裡翻轉過來，讓它脫離到地面，豆餅也是可以出售，打碎後可以成為豬的好飼料，痲油也是如此的製造方法，土豆油、痲油、豆餅，都是天然、芳香好吃的佐料和食物。

自從食品工業化大量生產後，阿可伯的生意愈來愈差，工人退休後，年輕人不願意去做那種手工辛苦的工作，阿可伯年紀也大了，連他兒子也不願意繼承，阿可伯只好從手工同業批貨，來販賣給老客戶，雖然獲利已不像自己製造販賣那麼多，但是他就是不願意去批賣，大工廠機器大量生產的桶裝土豆油，他知道大工廠大量生產的土豆油，不是經過手工提煉的，而且會混合其它油料，不是純粹的土豆油，所以老客戶還是希望他繼續經營。

阿可伯一直販賣土豆油，到中風後才結束營業，老客戶還是會去找他聊天，小孩子也好奇的進去看那製造土豆油的老機器，有一次，我回小鎮也去找阿可伯，看他中風愈來愈嚴重，想到他對土豆油原汁原味的堅持，自己的身體卻每下愈況，遺憾的是健康是自己無法堅持的，實在使我感嘆不已，我也去看那製造土豆油的老機器，雖然已經老舊，但是它們和阿可伯，都是值得使人感念的。

※更生日報副刊

金秋的時節

池河的花瓣裡，飄出了季節的豐歌，一抹微笑落在了眉梢，那就是金秋的味道。金秋，一朵凋落的新痕，釀製成一杯純正的幽香。豐腴的穀穗上塵封了時空的扉頁，秋有池河的靜，也有豐收的鬧。而故鄉的秋，還是比較偏愛靜的，它更像一位溫文爾雅的少女，就連飄落的黃葉也是靜悄悄的、默默的鋪滿了整個大地，彷彿落了一地的金子，金燦燦的美極了。

故鄉是一個小鎮，沒有繁鬧的街市，沒有車水馬龍，只有小商小戶。只有郊野的小河，和大圳、溪流橫穿於整個故鄉。走在鋪滿黃葉的的樹林裡，閉上眼，大自然的氣息撲面而來，遠山那邊剛剛爬上山腰的旭日的光芒，立刻射滿整個樹林，真有「人在畫中遊」的感覺。湛藍的天空，藍的像一面鏡子，就連毛線般的雲彩也可以看的清清楚楚，那是一個奇幻而真實的世界，耳邊響起了動聽的流水聲，手捧飄落的黃葉，腳上還沾滿了悄悄爬上來的落葉，陽光照射在水面上，波光粼粼，水裡的石頭也睡醒了，充滿了活力，瞬間變成了寶石閃閃發光。此刻除了遍地的落葉、流水、鵝卵石、遠山，再沒有任何動物來打擾這個世界，遠處也許有那麼幾聲鳥兒的叫聲，可是在整個樹林來說，它們顯得那麼渺小，它們的叫聲也可以忽略不計，就連動物的聲響都沒有。由於已是金秋，故鄉的早晨還是稱得上冷了，湛藍的天空，鳥兒和動物們都不願早起出來覓食吧，可是那清澈的小溪，它們還是潺潺流動，不停的擊打那些可愛的鵝卵石，和滿地的黃葉、一起譜寫出一曲優美而動人的《靜秋曲》，讓人陶醉於金秋的時節。

※中華日報副刊

夏天的聲音

月眉池在小鎮的郊外，北邊有土埆厝和一口古井，都被竹叢圍繞著，暑夏的清晨，母親有時會帶我一起去古井邊洗衣服，竹叢就不斷地傳出鳥啼聲，和婦女圍繞在古井邊的洗衣聲，她們閒聊談心，在夏日早晨是好祥和的場景。

假日午飯後，堂哥和我戴著斗笠至月眉池西邊，那裡種植整排的竹叢，我們躲在竹蔭下釣魚，安靜的中午可聽到池水波動聲，也聽到肥魚躍出池上的動靜，在等待魚兒上鉤時，竹葉被風吹動著，發出沙沙的聲響，涼爽得令人想舒眠，最後吊線不斷地搖擺著，我們知道魚兒上鉤了，堂哥拉起釣線，一尾閃爍的肥魚出現了，還發出噼哩叭啦的掙扎聲，我們都笑得好開懷。

水池的東岸鄰接稻田，傳來農民採收番薯的愉悅談笑，他們在現場切除番薯葉，再用牛隻拉犁，把番薯犁翻出土收成，田土被犁撥開的聲音是清脆悅耳的，那也是豐收的滿足笑語。

沒多久，天空烏雲密布，遠方雷聲擊響，很快便下起陣雨，還好雨勢不大，我們繼續釣魚，聽見雨水滴落在竹叢上，池面也被雨水淋得泛起漣漪，發出輕微的滴落聲，等雨稍停，我們也釣到了一些魚兒。正要回家時，看到月眉池主人，正要把竹槽內的鴨群趕入池裡覓食，嘈雜的群鴨聲十分壯觀。

夏天雖然炎熱，但安靜聆聽鄉野的天籟，卻是舒爽沁涼人心。

※青年日報副刊

烏來一日遊

坐客運車從新店開始，車窗外可以看到山巒疊翠，新店也有梅花湖，以前只知道宜蘭有名的梅花湖，後來才發現原來在新北市的新店就有梅花湖，知道新店這樣的祕境，真的好意外，原來彎曲曲折的新店溪，因此產生了三個美麗的湖泊燕子湖、梅花湖、濛濛湖，美麗的景致讓我此生難忘。

在新店廣興與屈尺一帶，因為環境生態原始，飛鳥多，因此水源保護區也成立，一個個相連的湖泊、水壩，形成幽境美麗的湖光山水。也有經過翡翠水庫，那是北部一處重要的水資源，周圍風景也亮麗不已。

客運車到了烏來後，我和友人慢慢走向烏來市區，烏來四面環山，桶後溪、南勢溪蜿蜒流過，兩側山峰高聳，岩壁陡立，山水相映，風光綺麗，以台車、溫泉、瀑布、空中纜車、原住民文化聞名。春天時山櫻花綻放，夏季則可至溪間戲水，秋天則秋葉轉紅，每個季節都有不同美景。屬於水質清淨、無色無臭弱鹼性的碳酸氫鈉泉，沿著老街一路上各家溫泉業者林立，南勢溪畔的公共露天溫泉，可享受免費的山野泡湯樂趣。烏來溫泉水質清澈透明，可飲用，最高水溫可達七十八℃，酸鹼值 Ph 七—八，水中碳酸氫根離子約八四八 ppm，鈉離子約四一七 ppm，是中性碳酸氫鈉泉。碳酸氫鈉泉又稱美人湯，對皮膚有修補作用。

春寒料峭，我和友人走訪烏來風景區。循著山路前行，優美景色伴隨迤邐溪谷；且駐且行，眺望遠方山巒繚繞，如夢似幻。近觀山坡林木交疊，錯落有致，數棵櫻花樹綴飾綠林間，格外亮眼。隨風搖曳的櫻花，綻放千嬌百媚的姿容，彷彿在向眾人打招呼，悠然氛圍讓人腳步格外輕鬆。

「啾、啾」耳畔傳來鳥語啁啾，抬頭望去，幾隻綠繡眼在林間嬉遊，快樂模樣宛如宣告春天降臨。

注入愛情元素的景致別具魅力，行經情人步道，不自禁放慢腳步，收納旖旎風光。挺立路旁的幾株櫻花，成了拍照、打卡的亮點。

婀娜多姿的花貌輝映一張張愉悅臉龐，勾勒出幸福甜蜜的畫面。有人還體驗搭古錐台車，漫遊烏來的山中美景，清風緩緩而來，增加了不少遊趣。

行抵觀瀑區，唯美又壯觀的烏來瀑布幾年不見，烏來瀑布依舊磅礡直下，瀑布兩側是壯麗山景，山水景致如畫，成排櫻花綻放著迷人手采，景致絕美。蜜蜂、蝴蝶穿梭花間，增添歡喜氛圍。櫻花步道是一條迷你型的賞櫻步道，由於與烏來瀑布公園的步道相連，可以連走，遊憩內涵更為豐富，而銀河飛瀑和燦爛花朵彩繪出宜人景色。烏來瀑布公園有櫻花大道、林蔭步道、蛙之谷等遊憩景點，還設有高砂義勇紀念園區，是由日本民間捐款興建的紀念碑，以悼念太平洋戰爭期間戰，於海外的台灣原住民族。「伊厚嘿、伊又呀……」街屋傳來悅耳音符，節奏輕快的原住民歌曲，讓人全身細胞也隨之律動。站在觀景台上游目騁懷，奔騰飛瀑在光影作用下，晃漾著彩虹般光澤與櫻花步道相映成趣。優美情境，讓人心情格外愉悅，我和友人在此捕捉山林、瀑布、櫻花連結的畫面，將幸福身影鑲嵌在美景裡。

懷抱喜悅的心情賞花，更能發現其中奧妙與美麗。櫻花種類頗多，以粉紅、桃紅色系為主，較可惜的是花期短，花開燦爛後，不久即逐漸凋落，有時來一陣風雨，就會落英滿地，拓印些許滄桑，也許這就是它的特色。櫻花自古以來帶給文人雅士諸多靈感，留下眾多名詩佳句。

烏來老街有道地原住民風味，超人氣明星餐點：炸溪魚溪蝦、炒山豬肉、炒珠蔥、竹筒飯、桂竹筍、泰雅小米露都很棒。口感黏Q內餡豐富竹筒飯；酥酥脆脆小蝦小魚，涮嘴又獨特的美食，竹筒飯本就清爽，相較其他家多放了小米，香Q入味口感好；最常重鹹膩口的山豬肉，調味也恰到好處耐吃。

至於珠蔥份量滿滿，蔥香濃郁微微辣，也相當不賴呢雅各原住民山豬肉香腸，烏來老街美食中，是最常排隊的一家，採用山豬肉餡當場現烤，必吃啊。

香腸大隻份量足，外脆內彈肉紮實，更棒的是超級多汁，難得一見美味香腸，連不愛這一味的波比讚不絕口呢！高家溫泉蛋，報導過的美食節目也不計其數，我每次來烏來老街，幾乎都會買來吃。冰鎮過，蛋白微微鹹度帶Q度，蛋黃濃郁半熟，有種溏心蛋的感覺，但因為有鹹味所以更加好吃了。烏來現烤小米麻糬的創始店，水芙蓉也是眾人烏來老街必吃清單之一。

據說麻糬、香腸、魚板（假日限定）都超好吃，Q軟誘人的麻糬光看就垂涎三尺，期待日後能遇上親切的老闆。還有一些不在烏來老街上，但卻是遠近馳名的烏來美食。台雞店最厲害的是烤甕仔雞（桶仔雞），濃厚炭烤香氣，皮脆、肉嫩、入味又多汁，非常推薦呢！山林野菜也能在這找到。

想一窺烏來瀑布源頭，以及探訪全台唯一無法開車抵達的樂園「雲仙樂園，」那麼就得搭烏來纜車。充滿神秘感的雲仙樂園，其實設施很老舊了，但走走看看還行，特殊季節時更是推薦，我這回就參加了賞蛙。

導覽員很專業地到處找青蛙、蟾蜍，令人吃驚的是園區裡真的有超級多的，自然野放埋伏，四周到處亂跳。

青蛙被抓到後，還會立刻假死超妙，住在台北多年一直找尋這樣的地方讓孩子探索，那天歡樂到令人難忘啊。

雲仙樂園海拔高，空氣清鮮，花木扶疏，到處美麗佳景，很值得一玩。

※更生日報副刊

清泉的美景

位於新竹縣境的清泉風景區，在叢山包圍中，呈現綠意盎然的世界，停車場不遠處，就是張學良文物館，為日式木造建築，館內陳展張學良的文學與史料，充滿書香氣息。

沿著峭壁坡道走上去，炙陽被遮蔽了，攀爬峭壁的垂藤和韌性的小花草，在山林中呈現堅毅的生命。在一個轉彎處設有一座涼亭，坐在涼亭裡，山谷的清風徐徐吹來，讓人暑氣全消。涼亭位於溪谷上方，可以遠觀溪岸上的草叢和野花，小鳥、蝴蝶、蜜蜂群聚飛舞，蟲鳴鳥叫，溪谷中潺潺蜿蜒的流水，清澈地濺起小水花，讓人心曠神怡。

我們走下溪岸往一條吊橋前進，搖晃的舊吊橋走起來別具意境，橋下的水流也看得更清晰，溪石溪沙被陽光照射得閃現光芒。菅芒野草也在溪谷中堅強生長，溪谷彎處附近另有一座吊橋，可見吊橋早年為居民重要的交通要道。走到吊橋的另一頭，我們沿著峭壁的小路前進，一邊為翠綠的山坡，一邊為遼闊的溪谷；走出彎曲的溪岸，抵達一處部落小學的操場，位在溪岸邊用竹子和木材製造了數座休閒涼亭，幾排整齊的長木椅，大概也是學校的教學場所。我們各自選定視野良好的位置坐著閒聊，溪谷清風吹來，附近的樹葉也隨風擺動，令人沁涼舒爽。我們分散至溪岸邊，看到林木叢生，野薑花蔓長，飄逸著濃郁的芬芳。

不久後，我們經過繪有部落圖騰的學校，往小山坡走上去，九重葛到處點綴山景。這裡的房屋大多是舊式水泥瓦屋，因山坡地形而交互建造，作家三毛的故居也是樸素的建築，她卻能在幽靜的山上，寫出感動人心的文學作品，三毛的故居更成為遊客喜愛造訪的景點。

蟬蟲的鳴叫聲，陪伴著我們來到張學良故居，日式木造房屋裡擺設他生前的生活用品及文物，屋裡精緻整潔，十分雅致，讓人深入認識時代名人的生活方式。紀念館外有幾棵大樹，有人坐在樹下椅子乘涼，有人瀏覽附近的溫泉池。不遠處有一座吊橋，我們走到吊橋另一頭，那裡有個老舊的派出所，就在野草叢中，更呈現它可貴之處。

沿途長了許多野生植物，我們沿著山坡邊的樹蔭漫步，抵達一處原住民攤販區，就各自在那裡品嘗當地小吃，等回到停車場，大夥兒就準備回程歸返了。

吃完中餐，我們往路邊的石階爬上去，沿路蘆葦擦身而過，蝴蝶、蜜蜂、小鳥、夏蟬近在眼前飛舞攀爬，鳴叫的聲音響亮，那是近距離聆賞天籟，真實感受大自然的奧妙。隨後走到一座教堂前的小平地，周遭種植幾棵高大的九重葛，鮮豔的花朵綻放，裝飾古典的教堂，矗立在山野中，讓心靈感到安詳又寧靜。

※青年日報副刊

宜蘭仁山植物園

沒有風，只有炙熱的陽光，翠綠的山丘，還是止不了我們爬山的熱情，山下看到一個一樓高的大茶壺藝術裝飾，喉嚨就整個涼爽不已，往登山口沿路有人賣土產，大部份的人買瓶裝的礦泉水或果汁，以補充水份，進入登山門口，山路逐漸陡峭，不久，有一座休息站，我們坐在長木板上休息，微風陣陣吹來，附近有幾棵柚樹，半成熟的果實，垂掛滿枝葉下，讓人想起要到中秋節時，就有甜美的柚子吃，希望它們長的又大又甜。

接著彎曲又陡峭的山路，讓大家爬的都有點喘，汗水也流了出來，有幾處蔭影的路段，才稍為舒服一下，爬到了一座涼亭，大家已氣喘呼呼，涼亭是我們很需要的休息場所，有點風又能遮陽，又能觀賞山下風景，大家悶熱的身心舒爽了不少。

附近傳來動物攀爬山谷上茂密樹林枝葉，沙沙沙的聲音，有人歡叫著，有猴子在活動，我朝那片樹林看去，真的看到猴群在枝葉中那裡攀爬跳躍，有幾隻還到坡道邊撿食一些塑膠袋裡的殘餘零食，還吃的津津有味，有人下坡經過牠們，猴子也不閃躲的繼續吃殘食，有的猴子還試著去搶奪下坡人的塑膠袋食物，大概以前有人餵食過牠們，才有那種行為，但是那不是好現象，猴子應該吃山林的食物比較正常，萬一猴子野性發作，傷了人那才慘。

我們繼續往坡道爬上去，時而聽到猴群攀枝爬樹的聲音，可知這裡猴子不少，如果爬山人不要餵食牠們，靜靜觀賞牠們好好在樹林覓食活動，那才是最好的美景。

我們爬到了山上，在樹蔭下讓氣喘平息下來，毛巾擦拭了汗水，就各自去涼品店，喝冰品消暑，休息了一陣子，再戴上帽子或撐傘，往花埔賞花，再去果園遶了一下，花香鳥語很吸引人，炙陽下，偶爾山風吹來，大家都玩的很愉快，也有歐式建築，適合拍婚紗，最後我們走到山涯邊，可以看到遠處的蘭陽平原，覺得視野遼闊不已

※金門日報副刊

南宋貞節女詞人張玉娘

南宋女詞人張玉娘僅活二十七年。著作有《蘭雪集》兩卷，留存詩詞一百餘首，其中詞只有十六首，而學者認為她最擅長於古風，絕少有閨閣氣，而女子長於古風，也是有一個特點。至於她的詞也很好，雖不是很多，差不多首首都是好的。

宋代女詞人著名的有李清照、朱淑真、吳淑姬、張玉娘，被稱為四大詞家。

張玉娘是有情人不能成眷屬，含恨千古。……她這種貞孝的大節，比起李易安、朱淑真還勝一籌呢！她的身世，比起李易安、朱淑真更為悲慘。她出生在仕宦家庭，她自幼飽學，敏慧絕倫，詩詞尤得風人體。

十五歲，與她同庚的書生沈佺訂婚後，兩個情投意合。後因沈家日趨貧落，沈佺又無意功名，玉娘的父親有了悔婚之意，張玉娘竭力反對，寫下《雙燕離》詩：

白楊花發春正美，黃鵠簾低垂。燕子雙去複雙來，將雛成舊壘。
秋風忽夜起，相呼渡江水。風高江浪危，拆散東西飛。
紅徑紫陌芳情斷，朱戶瓊窗侶夢違。憔悴衛佳人，年年愁獨歸。

玉娘父母迫於無奈，寫信給沈家：「欲為佳婿，必待乘龍。」沈佺不得不與玉娘別離，隨父赴京應試。

沈佺是終於金榜題名。然而，天不佑人，他不幸病逝。當張玉娘得知沈佺是「積思於悒所致」，即寄書於沈佺，稱「妾不偶於君，願死以同穴也！」沈佺看信後感動不已，強撐起奄奄病體，回贈了玉娘五律一首：

隔水度仙妃，清絕雪爭飛。嬌花羞素質，秋月見寒輝。
高情春不染，心鏡塵難依。何當飲雲液，共跨雙鸞歸。

此後，玉娘終日淚濕衫袖，父母心疼女兒，想為她另擇佳婿，張玉娘悲傷地說：「妾所未亡者，為有二親耳。」玉娘拒絕再婚，半月後，一代才女受盡了相思的煎熬，終絕食而死。

張玉娘生前不幸，為殉情而死，死後也是不幸的。她雖「情獨鍾於一人，而義足風於千載。」卻鮮為人知；所著的《蘭雪集》，也長期默默無聞。歷三百年後顯於世。

※更生日報副刊

夏日的草花

左手香

在家的後樓台，夏日烈陽照射下的左手香，家人很少澆水下，長的正肥綠茂盛，在悶熱的夏日，看起來讓人提振不少精神，它是一個大型多肉的草本植物，多分枝，對生，廣卵形，先端純圓或銳，齒狀緣有點上捲，且全株密被細毛，左手香株高約二、三十公分。春天時，雨水比較多，它反而長的低垂，和旁邊的仙客來相比就遜色多了。

夏日仙客來萎縮後，左手香卻長得更加的翠綠，家人偶而淋淋水，只有西北雨就夠它的水分了，春天雖然它長的沒有艷麗的色彩，也不是很翠綠，但是它也是花草不可缺少的角色之一。

韌性的左手香，忍受冬季寒風的吹襲，肥綠的枝葉掉落的很少，春天又不是人們欣賞花草的要角，它只是默默的成長，而成為夏日異軍突起的主要花草之一。

左手香葉片具有相當多的療效，坊間相傳搗碎外敷，能消炎、止腫。對夏天常見的蚊蟲咬傷也有效！左手香帶有香味，可以用來清新空氣或調味肉品，左手香實在耐看又實用。

菜瓜花

夏日金黃色的菜瓜花，在竹棚枝藤上閃耀著光茫，炎炎夏日菜瓜花，迎著陽光，更加燦爛的開放，不像有些花朵沒有元氣的低垂著，就像母親不怕悶熱的氣候，還是戴著斗笠，提起精神去陽光照射下的田地工作。

在夏天菜瓜花也是很耀眼的，蜜蜂、蝴蝶、鳥兒、小蟲、小蟬也會來飛舞攀爬，濃密的菜瓜枝藤蔭影下也是人們乘涼的好地方。

假日母親沒去田裡工作時，會去後院採菜瓜花裹麵粉油炸，是下午很好吃的清脆點心，菜瓜結果後，慢慢的在竹棚垂下來，一天一天地長大，給家人帶來希望，走過去時，長長的菜瓜會碰到大人的頭部，小孩子可以伸手摸到它，母親就會選擇比較成熟的菜瓜割下來煮了。

現割現煮的菜瓜比較清甜，父親也割一些去送親朋好友，等到秋天吃不完的菜瓜老了，等它風乾後，就切成一片一片的，成為好用的菜瓜布了。

※更生日報副刊

遊谷關

谷關地形因為受環山圍繞如關卡而得名，早期的谷關，是中西橫貫公路西部的重要出發點，車輛經過谷關後，就沿著崇山峻嶺，崎嶇不平的山路前進，轉彎爬坡逐漸驚險的開始，所以車輛都會在谷關檢修，旅客就休息一下，吃飯或買食物飲料等，因為上山後，到下一個遙遠的休息點，幾乎沒有店家，也沒有車輛修理站，所以谷關的餐飲、店家特別多，或者慕名來谷關風景區旅遊的人，可以住飯店，谷關溫泉有兩處泉源，一個位在溫泉旅社區的河谷中，另一處則位於河谷上游，泉水自山麓冒出，水量充沛。水溫約攝氏四十八度，可飲可浴，據傳可改善關節炎，神經痛，腸胃不適，香港腳及惡性皮膚病等等，來谷關享受溫泉，也別忘了享受道地鱒魚美食。

谷關風景區後來也在該行政中心附近，建設了溫泉魚療池，是指將一種能抵受溫泉溫度的「溫泉醫生魚」放養在溫泉池中，旅客只要脫下鞋襪，捲起褲管，就可以坐在溫泉魚療池的水泥岸上，放鬆心情的泡腳，溫泉魚療池，上面有遮陽棚，夏季也不怕陽光曝曬，旁邊有一棵松樹，還會吹來涼爽的清風，讓人心情舒服不已，一面泡腳一面觀賞附近的山景，和傳統熱鬧的街市，也是人生一種享受。

谷關溫泉屬弱鹼性碳酸溫泉水，水質極佳！無醫無藥純粹的溫泉魚療池，為輕鬆的自然療法，據聞對於常見皮膚病、腳氣、疤痕有著獨特療效，魚專門啄食人們身上的老化皮質，和一些只有在顯微鏡下才看得到的細菌，透過吸收溫泉中的礦物成份及醫生魚啄食死皮，達到袪病的目的。而且無任何副作用。這是來谷關很多人享受的休閒之一啊。來谷關很方便，只要從台中或豐原車站搭乘豐原客運就可以直達谷關，而且能享受刷卡十公里免費的優待。

谷關風景區，位於和平鄉博愛村，海拔高約八百公尺。緊鄰於大甲溪畔，此地的飯店旅館皆有溫泉浴池設備，除了提供旅客休憩之處，也能好好享受大自然帶給我們消除疲憊的最佳禮物！在谷關享受溫泉，鱒魚美食是道地的美味，很多人都會點鱒魚大餐，和當地的放山雞與現採的各種熱炒蔬菜，好好的享受谷關在地的美味。吃飽休息後，就可以參觀谷關郵局，該郵局於一九五八年六月谷關通車後，一星期後郵亭就設立，該郵亭即今谷關郵局。

郵局附近，延著下坡的石階，走稍來山步道，經過稍來吊橋，沿路有幾家餐廳傳出悅耳的音樂，有的人從稍來山步道，另一邊登山完後，走過稍來吊橋，累了就在吊橋的餐廳休息，吃點心，以恢復體力。走上稍來吊橋，不會很搖晃，可以慢慢前進，一面欣賞大甲溪畔，蜿蜒的潺潺流水，和一邊清翠的山谷，一邊沿岸的聳立的溫泉飯店，心情就開朗不已。

走過稍來吊橋後，到稍來山步道登山口，有「稍來」的特殊標誌，指示牌很清楚，有台灣野生保護動物「黑熊」的看板，供遊客照相留念，也有指示牌提醒登山注意蛇出沒！沿著石階登山，剛開始步道兩旁有綠意盎然的草木，山風不停吹來覺得非常愜意，稍來山屬於雪山群峰之一，稍來山步道，因地勢崢嶸，部分路段需攀岩而上；登臨到山頂，視野極佳，可遠眺卓蘭、東勢、新社等地，若於初春之際登頂，不僅可觀賞到山巒層疊的出奇美景，節氣變換若恰逢其時，更可觀察到雲海翻騰的壯闊起伏畫面。而稍來至小雪山是由早年原住民利用的山徑和保林巡山步道發展而來，沿線是平緩的稜脈、視野開闊，可觀察中高海拔四季景色，稍來山步道，林區帶來的森林芬多精，徜徉沐浴在這自然的世界裡，放鬆疲憊已久的身、心、靈，稍來山步道，是景觀美麗又空氣清鮮的優良步道。

稍來山步道從另一邊下山，沿著木棧道彎曲的下來，步入飯店區，我們在附近逛逛千年五葉松和古靈寺後，又要經過一座短吊橋，可以看到飯店後，高級的露天溫泉池，溫熱的泉水不斷在池中盪漾著，很多泡溫泉的人，傳來愉悅的遊玩聲音。我們沿著牆邊種滿炮仗花的坡路爬了上去，銜接到中西橫貫公路，有些隊友就去谷關商店街購買名產，或到餐廳吃美食。

再往回走到「溫泉文化會館」，占地約一點多公頃，主要是要讓谷關的觀光產業邁向多元化及國際化，是一座以溫泉為主題的文化館，館內除了介紹溫泉相關資訊，並提供遊客諮詢服務，周邊另規畫表演場地、公園綠地等，也建設有溫泉魚療池，樹邊擺置休閒的木椅，坐在椅子上，可以觀賞山林的景象，山風吹來時，更讓人覺得心曠神怡。不斷改良建設的文化館，逐漸豐富了谷關溫泉的旅遊服務品質，進而吸引國內外的旅客蒞臨參訪，以提升谷關當地人的就業機會，和改善生活水準。

國民政府遷台以後，相關單位觀察到大甲溪地形與豐沛的水量，在上谷關興建天輪壩，該壩是大甲溪水力發電計畫中最早興建之電廠，於一九五二年啟用。

並且計畫開闢一條可以貫通台灣東西兩半部的公路。終於在一九五六年七月分別於谷關、太魯閣兩地舉行中橫公路動工典禮，梨山以西之路段全為榮民開闢，谷關正位於其中。最後在一九六〇年五月於谷關舉行中橫公路通車典禮，當時就有客運公司在谷關設置停靠站，以及有郵亭也販售通車紀念郵戳，其景為台灣公路一大盛事。通車後，帶動谷關的觀光發展，觀光熱潮至一九七四年達到高峰，後來因為缺乏經營規劃等因素，谷關的觀光業發展逐漸低迷下去……。

谷關的天然美景，原本有溫泉飯店和民宿的蓬勃發展，現在還是臺灣的旅遊景點之一，谷關行政區屬臺中市和平區博愛里，位於台八線三三．七公里處，後來客運業的改善車輛設備，也增加班次，得以讓旅客到谷關遊玩。谷關觀光業發展逐漸又有了起色，不幸的遇到九二一大地震後，由台8線起點至谷關止，因沿線許多坍方而阻斷道路。促使政府宣布中橫公路暫緩修復，上谷關至今仍為通車終點。讓溫泉觀光業大受衝擊，此後便開始進入管制，以前全線通車的中西橫貫公路停止。

二〇〇五年七月，海棠颱風降豪雨，大甲溪水暴漲，沖毀篤銘橋，谷關唯一要道中斷，自此仰賴臨時便道通行。二〇〇八年九月，也遭辛樂克颱風沖毀，至二〇一〇年七月遷建完成的「篤銘橋」位於舊橋上游的谷關溫泉區入口跨越大甲溪與其支流十文溪匯流處，全長一五五公尺、寬十一公尺，為單跨之提籃式鋼拱橋，兩側拱筋高度最高處距離橋面有二十五公尺，各以十三束放射狀的鋼纜聯繫主樑，總共使用一千八百公噸鋼材。鋼拱橋面以桃紅色塗裝，與藍天綠地形成強烈對比，成為谷關溫泉風景區嶄新的地標，新橋啟用才捨棄臨時便道。

中橫公路是谷關的唯一聯絡道路，連接上谷關與下谷關兩地。自天冷開始，途中並無任何聯絡道路，全仰賴中橫公路通至梨山，可連接台七甲線通往宜蘭、福壽路通往霧社，因此谷關是台中通往梨山的必經門戶。

現今，一到谷關還是看到一座迎賓大門坊高立著，鮮明耀眼的橫書著「東西橫貫公路」上面還標誌谷關、溫泉兩列大字，谷關，似乎又要恢復以前，著名風景區的盛況，尤其到處林立的溫泉飯店，和許多用心經營的民宿，谷關，一定有再蓬勃發展，熱鬧榮景的一天啊。

※更生日報副刊

金秋進行曲

詩意的金秋，是浪漫的季節。天涼好個秋，西風輕盈吹襲，拂過巷弄，黃了街邊的梧桐枝椏，苦了離人無限的牽念，醉了美人雙頰的緋紅。秋高氣爽，恰如一泓清泉流淌，激盪著雲崖水畔，蜿蜒在人們的心間。

喜歡淺秋的青黃相交映，深秋的清冷寂靜，秋風中淡雅的桂花香，還有雲水深處那多情的韻致。深秋的雨夜，總是詩意的寂靜，靈魂深處的半夢半醒，淡淡的思念，獨自呢喃眷戀伊人。有人說，月圓是畫，月缺是詩，我想秋日清涼纏綿織就的，也應是那人間最美的詩情。

秋是夏日躁動後雲水漫過的清涼寂靜，是詩人眼中的「明月松間照，清泉石上流」，是傷心人酒入愁腸的「秋風吹不盡，總是玉關情」，更是「留得殘荷聽雨聲」的冷清。

在暖春的桃花妖艷裡，在夏日梧桐疏影下，在秋日的蕭颯寂靜裡，低吟著悠遠落寞的憂傷，也在冬日的漫漫雪花中，守望著那一抹純淨晶瑩。一直以來都覺得，人間的四季輪迴，有春花的妍麗，夏雨的熱情，秋楓的浪漫，也有冬雪的潔白。

我總覺得，孤寂的力量是不可估量的，在寧靜裡沉澱自我，才能在繁華中昇華成長。

我喜歡豐美而詩意的景象，浪漫的秋雨迷濛，涼風習習，那縹緲氤氳讓世界都沉浸於無言的淒美中，我的心境也隨之安詳，輕閉雙眼，盡情感受那詩情畫意。

※青年日報副刊

李商隱與朱淑真

李商隱的暗戀詩

《通鑑》記載著：長慶年間，給事中丁公著上書曰：「國家自天寶後，風俗奢靡，宴席以喧譁沉湎為樂。而居其重位，秉大權者，優雜肆居公吏之間，曾無愧恥。」李商隱那個時代，貴族宴遊的奢靡風氣非常盛行，所以當時的文人終不能免俗。一般人可能覺得李義山（李商隱）對妻子那麼痴情，是不可能喜歡上別人，然而沒有幾個文人是可以超越時代的，李商隱同時期的杜牧之、溫庭筠更以風流自賞，從各方面記載大約可以看出來。什麼「十年一覺揚州夢，贏得青樓薄倖名」，自不必說。文壇領袖韓愈、白居易都無法免俗，說出「同是天涯淪落人」的江州司馬白居易，家中更畜養歌妓舞妓上百人。部分原因在於李商隱以《無題》為代表的詩歌中，表現出一種撲朔迷離而又精緻婉轉的感情，容易被人視為豐富的愛情體驗的表達現象。

李商隱以二首無題，可看出其暗戀之意：

（其一）

昨夜星辰昨夜風，畫樓西畔桂堂東。
身無彩鳳雙飛翼，心有靈犀一點通。
隔座送鉤春酒暖，分曹射覆蠟燈紅。

嗟余聽鼓應官去，走馬蘭台類轉蓬。

（其二）

聞道閶門萼綠華，昔年相望抵天涯。

豈知一夜秦樓客，偷看吳王苑內花。

講了這麼多，也不是要講李義山什麼，第一首已經表明了他愛過一位貴家小妾美女。說「身無彩鳳雙飛翼，心有靈犀一點通」，因為此情不可在現實公開。但兩人彼此心有靈犀，兩情相通的。

是說不能公開成雙成對，但要完全了解這段感情的結果，要看第二首。第二首說二人雖心有靈犀，相知有年，但詩人拘於世俗禮法只能希冀於偶然邂逅或偷看一眼，所以李義山雖風流，但總算沒有忘記「發乎情止於禮」的古賢聖訓。

李商隱的愛情詩以《無題》最著名。這是兩首戀情詩。詩人想起昨夜參與的一次貴家後堂之宴，表達了與意中人席間相遇、旋成間阻的懷想和惆悵。其中第一首無題詩「昨夜星辰昨夜風」更是膾炙人口。

對這首詩的理解和看法歷來眾說紛紜，有人說是君臣遇合之作，有人說是窺貴家姬妾之作，還有人說是追想京華遊宴之作……，但羈宦思樂境也好，覬覦貌美女郎也罷，詩中所表達的可望而不可即的皆然心態應是力透紙背，那些尋常或普通的意象，被有規律的置放在短短八句五十六字當中，表現了一種追尋的熱切和悲哀的失落。

這首七律，首聯由今宵之景，聯想對昨夜席間歡聚時光的美好回憶。詩人並未直接敘寫昨夜的情事，而是藉助於星辰好風、畫樓桂堂等外部景物的映襯，烘托出昨夜柔美旖旎。

在這個星光閃爍、和風習習的春夜裏，空氣中瀰漫著令人沉醉的幽香，一切似乎都與昨晚在貴家後堂宴飲時的景況一樣，而席間與意中人相遇的那一幕卻只能成為難以再現的回憶了啊。第二首無題詩大概說，閶門中有一位萼綠華的女子長得美麗絕倫，卻沒想到昨晚像蕭史那樣參加一次豪門盛宴後，竟然產生了偷窺的衝動，以前常常聽到人們談論到，但自己總是覺得好像在天邊那麼的遙遠。李商隱說的花似玉的美女，以吳宮苑內的花比喻，當然不會是花園裡的花卉植物，而是一種形容。秦樓客，用蕭史典故，表示言己之為愛婿身份。詩意中既有艷情又有寓慨，而主要還是表達男女之間心中彼此思慕的心境。

朱淑真的斷腸詞

朱淑真是中國宋代著名女詞人，與李清照『差堪比肩』，並稱『詞壇雙壁』。其雖家世顯赫，婚姻卻十分不幸，她所寫的詞很多因為由於自己的婚姻的不幸，所嫁非偶，日夜思念自己的意中人，而有一些感動人心的悲戚作品。

朱淑真寫過：

蝶戀花　送春

樓外垂楊千萬縷。欲繫青春，少住春還去。猶自風前飄柳絮。隨春且看歸何處。
綠滿山川聞杜宇。便做無情，莫也愁人苦。把酒送春春不語。黃昏卻下瀟瀟雨。

朱淑真寫景物為情思，從風飄柳絮的景象看，詞中所寫，當是暮春煙柳，而非細葉新裁的仲春嫩柳，這是從「樓外垂楊」著筆。這樣方與送春之旨吻合。楊柳依依的形象和折柳送別的風習使人們從柳條想到送別，包含了想像的跨越飛躍，從「垂楊千萬縷」想到它「欲繫青春」，卻是朱淑真的獨特感受，可以看出來的。從「送」到「繫」，雖只在一轉換之間，卻進一步寫出了柳的繾綣多情。那千萬縷隨風盪漾的柳絲，像是千萬縷柔漫的情思，力圖挽住春天。惜春傷春，留春送春，詞中常調。這首「送春」詞卻別具一份女詞人的巧思妙想與慧心深情。她人至此，不過嘆息傷感而已，詞人卻從隨風飄蕩，然而「少住春還去」，因為春畢竟是留不住的。

朱淑真在少女時代，有一段純美的愛情，但婚後生活卻十分不如意，最後憂鬱而終。這首詞正是她對昔日美好生活一去不復返的追戀哀傷不已的反映。另外還有一詞：

《生查子　元夕》

去年元夜時，花市燈如晝。月上柳梢頭，人約黃昏后。
今年元夜時，月與燈依舊。不見去年人，淚濕春衫袖。

明代徐士俊認為，元曲中「稱絕」的作品，都是仿效此作而來，可見其對這首《生查子》的讚譽之高。此詞情調哀婉，言語淺近，用「去年元夜」與「今年元夜」兩幅元夜圖景，展現相同節日裡的不同情思，將不同時空的場景貫穿起來，寫出一位女子悲戚的愛情故事，彷彿影視中的蒙太奇效果，也因此更具民歌風味。

全詞在字句上講求有意錯綜穿插，勻稱一致，它用上闋寫過去，下闋寫現在，上四句與下四句分別提供不同的意象以造成強烈的對比。詞作通過女詞人對去年今日的往事回憶，抒寫了物是人非之感。既寫出了伊人的美好和當日相戀的溫馨甜蜜，又寫出了今日伊人不見的悵惘和憂傷。詞的語言通俗，構思又巧妙，全詞以獨特的藝術構思，撫今追昔的手法，運用今昔對比，從而巧妙地抒寫了物是人非、不堪回首之感。語言平淡，意味雋永，有效地表達了朱淑真所欲吐露的愛情遭遇上的傷感和苦痛體驗，體現了真實、樸素與美的統一。形象生動，語短情長，又適於記誦，所以古今廣泛流傳。

《江城子　賞春》

斜風細雨作春寒。對樽前，憶前歡，曾把梨花，寂寞淚闌干。芳草斷煙南浦路，和別淚，看青山。

昨宵結得夢夤緣。水雲間，俏無言，

爭奈醒來，愁恨又依然。展轉衾裯空懊惱，天易見，見伊難。

朱淑真寫這詞表達她失戀的悲愁，充滿心靈深處的淒厲哀痛。朱淑真在少女時期曾有過一段自由愛戀的幸福，可是後來由父母主婚，強嫁一位俗吏，志趣難合，遂憤然離去。這棒亂點鴛鴦譜的憂傷，這瓊枝糊插，忍遭摧損的隱傷，縈盤鬱結於心，使她在恨、愁、悲、病、酒五字生涯中淒涼以終，她的《斷腸詩》、《斷腸詞》真實地銘刻著她心靈上的傷痕。這首《江城子》算是最典型的代表作。雖然題作《賞春》，但只不過說明愁恨是因其所觸發而已。時當春日，詞人獨對孤樽，或許欲以解悶而已。卻勾起了她對許多前歡，往事的回顧。不想這斜風細雨，這料峭，春寒，這前歡，應當是少女時期與戀人歡樂的聚會，是花前月下的歡歌，還是蘭閨之中的私語，詞人沒有說，留給讀者去想像了。她只記下了歡會後的寂寞淒涼和送伊遠行的慘別情景。曾把梨花，寂寞淚闌干。情人離去寂寞無歡，只有手把梨花，淚水橫流而已。玉容寂寞淚闌干，梨花一枝春帶雨二句詩意，用這種啼淚愁容的形象描寫烘託了悲哀之情。聚會之後的暫別尚難為懷，又要送君遠行，情何以堪。芳草斷煙南浦路，和別淚、看青山。寫送別，自江淹《別賦》之南浦，和屈原《河伯》之送美人兮南浦，一詞便成為情人別離地點的代稱了。送君南浦，所引發出來的。傷如之何以後，充滿濃郁的感傷色彩，襯托出茫茫悲情，充滿了濃郁的感傷色彩，芳草斷煙，帶著悽茫之景。

※更生日報副刊

鄉村夜景

夜裡的天空最美，月亮散發皎潔光芒，星星也一眨一眨閃爍，如果幸運的話，還能看到那深處的黑暗裡，偶爾會飛來一顆閃著金光的流星。

鄉村的夜裡，竹林深處總會傳來陣陣動聽的蟲鳴，那歌聲點綴了鄉村的寧靜之美，也點綴了神祕的夜晚。還有那細潤的泥土，在夜裡散發絲絲寒意，我喜歡踩踏著它，在清冷中尋找歡樂。我漫步到井邊，井中的美也是令人欣喜的，那輪皎潔的明月，在井口的圓心散發著潔白的光亮，彷佛一顆明珠在夜裡散發耀眼的光芒。

鄉村的夜晚沒有一絲喧囂，風過留聲，蟲鳴悅耳，令人心靜，也讓人忘了煩憂。

在鄉村的田野裡，白天沉寂的蟲兒，在黃昏被喚醒了，嘹亮的歌喉爭鳴，田野瞬間就變成牠們的舞台。

溪邊的流水潺潺，清涼沁心，夜晚的溪澗多了幾分雅韻，更能為詩人帶來創作靈感。

竹林裡，一片幽深灰暗，一陣清風吹過，沙沙的聲音都會令人打顫，但因有優美的蛙叫蟲鳴，夜裡的竹林並不孤寂，更多了熱鬧與活力。如果說田野裡的實力唱將是青蛙，那麼竹林的歌王便是秋蟬了。

深夜降臨，萬物都沉睡了，我打包著夜裡美好的景色，再沉入夢鄉慢慢欣賞回味。

※青年日報副刊

黃昏的田野

夕陽把田裡成熟的稻穗染成了一片金黃，也把飛鳥趕向樹梢，只有幾個農夫在田裡走動，他們每天總是等待夕陽西沉後才回家。

我雙手撥著彎垂到田埂上的稻穗，摸到了飽實的稻穗，「沙沙沙」的稻穗摩擦聲在我身邊響起，那是一首很柔和的輕音樂。田裡的稻草人也對我笑了，因為鳥兒都已歸巢，它不必再驅趕偷食稻穗的鳥兒了，它始終盡忠職守，從無怨言，更愛欣賞黃昏的田野景致。

含羞草最敏感了，看著那整排齒狀的葉子，只要隨手一摸，它就害羞地合起葉子，模樣十分逗趣可愛。

我漫步小橋，站上瞭望台，連幾百公尺遠的牛車都看得到，橋下清澈的流水裡有魚兒優游，有時還活潑躍出水面。橋邊有幾畦菜園，因為農夫取水灌溉方便，所以蔬菜長得肥綠欲滴，尤其匍匐在竹棚上的菜豆，好像一條條碧綠項鍊，掛在那裡發光。我在田野裡不但嗅到稻香，也聞到淡淡的蔬菜和野花的芬芳。

當草叢中出現了發著綠光的螢火蟲後，抬頭一看，灰暗的天空已高掛月亮和無數閃爍的星子，我雙手撥著稻穗踏上歸途，那多情的螢火蟲就跟隨身邊飛行迴繞，好似依依不捨地送我回家。

※青年日報副刊

春暖花開時

我喜歡春暖花開時，處處百花爭妍的浪漫景致。曾以紅艷綴滿樹頭的羊蹄甲已凋謝，卻有另一番亮麗的風景出現。毛杜鵑、黃鐘木、玉蘭花開，即使沒有多餘的葉子陪襯，卻更凸顯它們的美。

望見一枝獨秀的紫玉蘭，真是令人驚嘆。一蘭獨秀，春風得意，桂花香十里，隨著微風吹拂，絲絲涼意輕撫肌膚，讓人格外神清氣爽。

望著灰濛濛的天空，飄起了絲絲細雨……也許是熱愛大自然美麗的本性吧，讓我在花開的樹下徘徊，驚嘆著它們的美好，忍不住拿起相機將美麗的畫面定格保留。

走入大自然的懷抱，總給人舒暢的愜意，愉悅的心情就從穿梭在山林的風景裡體現。我對春色依戀不已，一處園林裡的花草樹木，以清新點亮春天的秀麗。

莫名地深愛園林，因為它總是帶來清新蓊鬱的自然美景。一花一世界，一葉一菩提，深知落花流水終將逝，但願此景留心底，細心體會總是美。回歸大自然，純樸的氣息撲面而來，城市的霓虹燈光璀璨，終究不及山林的賞心悅目。大自然的美好，總是在心裡芬芳地飄散。

※青年日報副刊

遊子返鄉

一抹晨曦，漸漸照亮了小鎮，河畔樹影搖曳，小鳥拍翅騰飛。透過故鄉河面上的輕霧，看到成片的菱田荷塘伸著手臂，把一簇簇花朵托出水面，陽光親吻它們，河水為它們奏樂，我把一片詩情寄放在故鄉的夢裡。

故鄉的景物猶如一縷暖陽進駐我的心間，吟唱對它的依戀，多年來，我多麼想重返故里。我傾慕流水的清淨，憧憬恬靜的田野，從心底流淌出來的情意，是在童年時便已形成，在田間池畔品賞荷花和菱花的馨香，我在歡樂中捕獲了蜻蜓和蝴蝶，以歲月記取生命裡最純真的美好。遠歸的遊子渴望與故鄉的風景親近，當卸下長途跋涉的疲憊，走到故鄉的田野，以自己的唇親吻久違的花瓣，靈魂深處的思慕頓時被釋放，迎接我的是家鄉最自然淳樸的美景。

我在園圃和田野來回閒逛，與家鄉的花草樹木、日月星辰一起交響；我感到賞心悅目，因為返鄉的遊子已融入久別重逢的故里，我的腳步更情不自禁地想親近土地。

※青年日報副刊

秋雨沁心

秋雨輕飄，如淡淡的思念悄然降臨，還是那曾經溫暖，且深入骨髓的點點滴滴，無聲無息地飄進了我的眼簾，冰涼地敲打著心窗；淅淅瀝瀝提醒著我的落寞，成為一幅時光也沖不淡的風景。

捧一卷詩書，品一盞香茗，借一片落葉，寫一縷相思……誰說「前世五百次的回眸，才換來今生一次相遇」，相遇便是有緣，正如春天與桃花的相見，夏日與荷塘的邂逅，秋天與果香的相遇，寒冬與雪花的共舞……一切都是那麼順理成章，那麼耐人尋味。

我的記憶穿越了三百六十五個日子，卻怎麼也逃不脫你以溫柔編織的那張網。掬一捧秋水洗淨一路風塵，洗淨那被歲月摺疊的疲憊，讓秋風吟誦一首不老的詩歌，那纏綿的雨絲，是思鄉的情愫，還是故人以冰涼的雙手為我彈奏一曲恬淡清純的梵音。

站在季節的邊緣，是留戀還是憧憬？如同白雲擁抱藍天，朝陽迎接黎明，落葉親吻大地，即使是一絲絲清涼的秋雨，一路走來，也要擁抱彼此那需要溫暖的夢境。

秋雨舒心，有著高山流水的清韻，有著春雨的浪漫，也有夏雨的激情，然而卻更有著超凡脫俗的淡定。

※青年日報副刊

田野的冬天

初冬，許多欒樹葉早已經隨秋風飄落，散在樹根旁，草叢中，水溝裡，或者更遠的不知道什麼地方，欒樹總是知趣地躲在離田地稍遠的地方，毫無怨言地看著這一切。

秋收時節有很多作物，在地頭的秋風中瑟瑟發抖，農民急著回家，不會收集落葉。冬天到了，灶台和大火炕等著燃料時。樹葉總是初冬時候，農民才收集家用，有不少用耙子收集起來裝在大網兜裡，帶回家作為灶裡引火的燃料。

欒樹依舊靜靜地站立一春，又枝繁葉茂一個夏天，然後就把樹葉飄灑在秋收的農民腳下，孤伶伶地過冬。初冬的田野增添了幾分玄妙的生機，你正走在田間小路上，身邊的草叢中忽地湧起一片陰霾，一群麻雀像受到了什麼驚嚇，一溜煙地站到了遠處的樹枝上，或者飛到遠處的天空中，直到你看不見牠們為止；牠們習慣於故弄玄虛地疾飛一陣，或許得到了什麼命令，或許見到了遠處來的人影便倏忽地停下來，躲進灌木叢裡。有時候，也會看見光禿禿的樹枝間陡然落下另一種樹葉，像是被疾風吹落一般，轉瞬間，又迅速斜斜地甩向某一片田地，那也是麻雀，精明得很。

遠遠地，田地鋪展在山腳下，小河邊，不知道在期待著什麼。如果有人在地頭燃起一堆亂草取暖，恰似老農點起一袋老旱煙，風會把煙霧吹得四散，那點熱氣也將隨風消逝得無影無蹤。初冬土地上唯一不需要搶收的東西，就只剩下玉米收割之後的根和莖了，一尺多高的玉米桿膚色蒼黃，根鬚埋在土裡，抓著沉甸甸的一大把泥土，作為莊稼對土地最後的依戀。

所有的莊稼都被收成之後，田地便一直期待著一場雨，一場足以覆蓋它的毛毛剌剌的雨，足以濕潤一個冬天的心情，進而濕潤一個村子的農民一年的期待。此刻太陽也會露出久違的笑臉，看著田野變得體態豐腴起來。雨，何嘗不是秋收之後的又一次收成呢。一場雨飄飄灑灑過後，田野便容光煥發了。

在家裡忙著儲藏糧食的農民，這個時候，露出了笑臉。因為他們嘗到了香噴噴的新玉米，就會叭咂著嘴說，吃新糧了，又老一歲了。看著院子裡胡亂跑跳的兒女，再看看院子里高高聳起的玉米倉。農民是田野最後的留守者，他們期待著下一次，能播重新的農作物幼苗，可以再一次的豐收。

※鹽分地帶月刊

天涼好個秋

鄰居家門前的白楊樹並不知道時節已入秋，樹葉依舊茂密墨綠，把陽光剪碎了一地。還有那順著白楊樹根向上攀爬的牽牛花，花開得紫藍恣意。秋雨過後，枯黃的樹葉在秋風裡飄落了一地。立秋後，烈日仍炎熱似火燒。清晨，迎接我的依然是艷陽，絲毫不見「殘雲收夏暑」的驚喜。

好不容易熬過炎夏，迎來秋涼，秋蟬又在白楊樹上嘶鳴了，一聲長一聲短，直到夜色暗淡。安靜的夜色下，白楊樹梢上掛著一輪弦月，像一條被壓彎了的弧線，秋天就順著那條線滑了下來。秋風好似一把利剪，西風吹襲，門前的白楊枯葉便飄落了。

農曆八月底，一夜之間草尖上便起了一串串霜露，樹葉終於蕭瑟落下，在地面鋪上一層厚毯。初秋時，樹葉卻還像個被寵愛的孩子，怎麼也不捨得剝離。秋意漸濃了，臺灣欒樹也從亮黃轉為粉紅，變成秋日最美的主角。

我居住的小鎮，在田間地頭，要等到寒露節氣前後才結滿黃燦燦的稻穗。入秋了，依舊有綠油油的禾苗生長著，還有園圃裡的蔬果給農人驚喜。金秋時節，稻穀收成歸倉了，秋涼的氣息就更濃了。偶爾升起的炊煙，也和低垂的天幕融合，房前屋後，遠山近樹，都是一派優閒的景象，令人想起「黃葉無風自落，秋雲不雨長陰」的詩境。

我喜歡優雅的秋季，享受絕美的景色，心靈湧動著浪漫情懷。

※青年日報副刊

適意三則

親情的燈火

我剛讀小學時，晚上父親叫我寫功課，都會在房間的書桌上，打開一盞十燭的電燈泡，一下子使平常點五燭的電燈泡房間，明亮了不少，父親對使用電是很節省的，但是對於小孩子的讀書，則是盡量達成我們的理想。而父親在客廳繼續農具或刀具加工的工作，則是在不大明亮的五燭燈火下努力的做著，晚上睡覺時，房間是暗的，客廳只剩神桌的照明燈，客廳轉到走廊到房間，再到廚房，也只各點一盞五燭的電燈泡，而晚上在後院的茅廁（也只點一盞五燭的電燈泡），要上茅廁的話也只好點著蠟燭照路，後來父親買來一台小型手搖發電機，也才略有改善。所以整個晚上，土土角厝內是灰濛濛的一片。

我讀二年級時，日光燈上市了，由於比較省電又明亮，父親就在客廳和房間書桌上，各裝了一盞單管日光燈，但是晚上還是保持以前灰濛濛的情形，有一次下雨，母雞剛孵出幼雞，母雞盡量把幼雞納入雞翅膀下保護、取暖，傍晚母親剛從工廠回來，就帶著斗笠穿簑衣，去街尾的雜貨店要了一個厚的紙箱，母親脫下了溼淋淋的斗笠和簑衣，就把蹲在土壁角落，有點顫抖的母雞和幼雞，全部抓入紙箱裡面，上面再橫架一支竹枝，垂掛一個十燭的電燈泡，牽好電線通電後，一下子紙箱裡面，光亮不已，有點冷的雨夜，紙箱裡面，就變的溫馨不已，雞群就能度過濕冷的長夜了，就像我剛出生的時候，母親日夜都不畏辛勞，親切的照顧著我，白天常常用長揹巾，緊緊的揹著我，晚上也緊靠著我身邊，怕我餓、怕我冷、怕我熱、怕我生病！母愛是很偉大的。

我服完兵役，也到北部跟家人住在一起，住在一般的二樓公寓，燈火全部是單管日光燈，浴室廁所是同一間，不是以前要走到後院才有的茅廁，雖然生活方便許多了，但是父親卻已往生了！母親還是延續父親節儉的精神，不該用的燈光，隨時都會關掉，甚至母親的房間，還點著五燭的電燈泡，睡覺時就像以前就關掉了，母親節儉的精神，又使我想起父親以前對我們照顧，使我心裡更加懷念父親……。

大海邊的魚塭

低矮的土坍厝，是二伯父在海邊經營魚塭住的，厝頂上已積了一些，旁邊幾棵木麻黃樹飄落的葉子，有的已乾燥枯黃，父親帶我去找二伯父時，也是魚塭快要收成時，我們在寒風吹襲的下午到了二伯父那裡，二伯父剛好打開了木門，準備要去尋視魚塭，變的比較瘦的二伯父，招呼著我們進屋裡坐，沒陽光的屋裡有點陰暗，但是比較溫暖，二伯父說這次魚塭雖然能大收成，還是沒法還清欠人的錢，我知道二伯父的魚塭是租來養魚的，收成後的魚賣掉，扣掉租金，實賺的錢也就不多了。

二伯母為了幫二伯父還債務，就帶著孩子去北部的都市，投靠親戚家，而去找工作賺錢，沒什麼技術的二伯父，就孤單的在海邊經營魚塭。不久，二伯父帶著我們出去巡視魚塭，海風把魚塭水吹起了陣陣冷冷的波紋，就像二伯父充滿愁悶皺紋的臉，肥大的魚偶而躍起水面，翻了一下魚肚，才又潛入魚塭裡，這時才看到二伯父愉快的笑容，因為二伯父孤單的養殖著魚塭，好不容易的等到魚兒長大成熟，就像父母把孩子養大那樣愉快的心情。我們繞了魚塭岸一遍，已接近黃昏，二伯父用漁網往魚塭裡撒下去，不久捕到了三尾活跳跳的鮮魚，放在竹簍裡，說晚上就吃鮮魚大餐了。

我去木麻黃樹邊，撿起飄落枯黃的葉子，拿到瓦屋後的廚房，二伯父和父親在微弱的燈光下，正在煮晚餐，木麻黃樹枯黃的葉子，也是很好的燃料，二伯父說要去街市買酒和罐頭配料，就騎腳踏車出去了，父親把那三尾魚料理成三吃後，天色已經全黑了，我就坐在瓦屋門口，等二伯父回來，夜晚的海邊除了蕭蕭的海風聲，還有隱隱傳來的海浪聲，二伯父就這樣度過孤獨的日子，實在要有很大的毅力！二伯父回來了，我看到一盞閃爍的腳踏車車前燈，沿著縱橫交錯各家養殖的魚塭岸，彎彎曲曲的向瓦屋而來，二伯父困苦不屈服的精神，不就像那盞車前燈，一直在黑夜海風吹襲下前進，而不會熄滅的！

溫馨醫院接駁車

從捷運站出來，很快的等到醫院接駁車，司機很有禮貌的招呼搭乘的人，並且說出兩家醫院先後停車次序，司機先打開七人座的車門，請乘客陸續上車，司機看到行動不方便或年紀大一點的人，就扶助他們上車，車速不快開的很穩，車子盡量行駛捷徑，紅綠燈也少了，所以十分鐘左右，就到第一家醫院門口。

司機也是親切的先下車，有醫院的保全也幫忙開車門，一樣扶助行動不方便或年紀大一點的人下車，上下車的人都會感恩的向司機說聲謝謝，從這家醫院上車的一些人，司機也是如此服務，下一家醫院是從植物園旁邊駛過，讓我感到青翠寧靜，紅綠燈更少了，也是十分鐘左右到最後一家醫院門口，那裡附近還有一家中型醫院可以選擇就醫，人們下車後，司機立即載回程的就醫者，去搭捷運或公車。

溫馨的醫院接駁車，班次多，座位舒適，醫院能為病患免費提供，能在最短的時間就醫，不然，病患下了大眾交通工具，摸不清醫院方向，或還要問人坐什麼交通工具，甚至要轉車，而浪費時間與體力，老人、殘障者更是不方便，所以想起醫院的接駁車，實在很溫馨，又有人情味。

※更生日報副刊

鄉野情

筒仔米糕裡的親情

幾個月以來，父親向親戚批來人工製造的農具與刀具販賣的生意，因為農具與刀具由工廠機器大量生產賣價降低，和農業逐漸機器化，生意也就愈來愈差，最近有時連下午都沒來人購買了。

以前父親晚上常加班整理農具和刀具，到了九點左右快收工時，阿一伯會擔著木攤在家門口叫賣著：「來買燒的筒仔米糕，好吃的筒仔米糕喔……。」父親大都會叫家人一起吃筒仔米糕，冷冷的夜晚，吃著熱熱的加著香菜的筒仔米糕覺得香味四溢、身體溫暖不已。

父親開始憂愁，農具店生意收入少，難以維持家裡的生活費，家人吃了晚飯後，就把店門關起來，以前有時會去田裡打零工的母親，有時會帶我和妹妹去鎮內的戲院看電影，母親也因為耕種機械化也比較少去打零工了，已很長一段日子都沒再帶我和妹妹去看電影了，母親說要節約用錢，不然三餐都有問題了。

「來買燒的筒仔米糕，好吃的筒仔米糕喔……。」阿一伯的叫賣聲依然每晚九點左右會在家門前出現，但父親不再買筒仔米糕給家人吃了，我和妹妹都有點埋怨。

後來父親覺得做吃的生意收入不錯，就遠離家鄉，到北部經營吃的生意，每當寒冷的夜晚，阿一伯還是會擔著木攤在家門口叫賣著：「來買燒的筒仔米糕，好吃的筒仔米糕喔……。」，但是我想到父親自己孤獨的在北部的經營吃的生意，很辛苦的賺錢養家，再也沒有心情想吃那筒仔米糕了，也體會父親為家付出的辛苦，也不再埋怨吃不到筒仔米糕了。

落花生

落花生在小鎮是一大經濟農作物之一，因為它的果實是在田土裡成長，所以也稱為土豆，清明節時落花生已長了翠綠的枝葉，雖然生的低矮，農人在田野廣闊的種植，看起來也是很壯觀的。

蜜蜂、蝴蝶、蟲兒、小蟬、小鳥也是會在落花生叢中飛舞，落花生生長在微凸嶺狀的田土裡，比較不怕颱風暴雨的侵襲。收成時，一字排開的農人，負責二嶺落花生，要彎腰雙手用力落花生，田土裂開的聲音後，整串的落花生果實就出土了。

農人接著把連根的落花生果實拔起來，放入竹簍裡，等裝滿竹簍的落花生，就可以提去給田主人了，農人是以天計酬，或以收成幾斗，再乘以一斗的收成價計酬都有，我們跟在農人後面，撿拾他們採收遺漏的落花生，或著爛叢他們沒採收完全，我們用鐵鏟，挖出剩餘的落花生，數量也不少。

金門的貢糖，主要原料也是在地生產的落花生，金門特殊的土質與氣候，以及得天獨厚的水質，種植金門俗稱的土豆，其土壤顏色偏紅，故稱紅土花生，我吃過的口味有原味花生，原汁原味的花生，口感香脆，不油膩，讓您越吃越順口；蔥辣花生，添加特選辣椒、蔥與花生搭配起來，口感特好，花生本身的香加上辣的提味，讓人回味無窮；鹽酥花生，適合較重口味的朋友，其結合恰到好處，口感香脆，不會過鹹，越吃越好吃；蒜香花生，經由蒜的提味，使花生的香更濃郁，口感香脆，更讓人愛不釋手。

我們幾天內，在落花生田也撿拾了不少的果實，先在空地上曝曬幾天陽光，可以給母親剝掉落花生外殼，母親用細沙炒或用油炸，都可口好吃，我也會留一些落花生，在母親煮完晚飯後，鋪一些在大灶的餘燼裡，等它烘熟再剝開吃，也是一道美好的宵夜。

野生的芒草

我曾去住在河岸邊的親戚家裡，從門口看出去，芒草在暖陽中，更加鮮豔亮麗，是河岸附近長的最多的植物，也有人在河岸邊種植幾埔菜園，長的翠綠的枝葉，低矮的蔬菜，和修長的芒草，使河岸有了綠意盎然的立體美。

我和姪子走入了河岸裡，芒草和我們擦身而過，高而低垂的花穗，拂在我手上，輕飄飄而像尾巴的叢密花穗，使我覺得柔和不已。野生的芒草，經過無數的風吹雨打就在涼爽的季節，開放著美麗的花穗，點綴著秋意的動人美感。

接近黃昏時，農人正忙著在菜圃淋水，而沒有人照顧的芒草，有的長在貧瘠的土地上，或沙中、土石上，不管再惡劣的環境，只要有空地，它們都長的很茁壯濃密，使人佩服芒草堅強的成長精神！

天色灰暗時，冷風一陣陣的吹來，我們離開了河岸邊，我返頭一看，只有黑漆漆的河水中倒映著亮麗的燈光，而河岸邊黑茫茫的一片中，能隱約的看到那芒草白色的花穗在飄動著。

我再坐車經過親戚家住家的附近一座橋，看到河岸附近長的白茫茫的芒草，在清風中飄動著，鳥兒從河埔的濕地，飛到了芒草叢中，再撲向了天空，沒有花香和果實可採的芒草叢，就成為鳥兒臨時的中繼站。芒草在大地中長的雖然不亮麗，但是其韌命清純又大範圍的生長，也是讓人值得欣賞的。

※更生日報副刊

情繫野薑花

早年故鄉老家附近的溪水清澈見底，水裡到處有魚蝦，竹影映在水面上，清風一吹就皺了，連漣漪也亂了，陽光照射時，碎成薄片好耀眼。河岸邊長著芬芳的野薑花，清香的雪白花朵，優雅地在水邊綻放，彷彿蝴蝶穿梭在枝稍，像極了一群聚集在花叢間翩翩起舞的白蝴蝶，所以又稱「蝴蝶花」。

母親有時也會到河邊洗衣，我跟著去時，脫了鞋在河岸邊漫步，吃完一袋酸酸的芒果青，便捲起褲角下水玩耍，清水流過腳邊，冰涼沁心，微風吹拂臉龐，暑氣全消。

大概是因河邊水土肥沃，植物都長得翠綠欲滴，不管是熟識的或不知名的，寄生的或攀爬蔓長的……滿眼都是綠意，鬱鬱蔥蔥。只有野薑花綻放著一朵朵白花，冰清玉潔的雪白，特別讓人著迷，身心靈都感舒暢。

母親見我看得癡迷，我指向野薑花，詢問是誰種的？母親說：「它是野生的，風吹來時，種子淋點雨就落地生根了。」

心想野生的好，不須主人應允，便跑去採摘野薑花。我捧著五六枝如雪般素白的野薑花，坐在石頭上，揀一朵最清秀的花兒別在母親衣服上，心裡萬般雀躍。

我把花瓣一片一片摘下來，輕輕地疊在手心。野薑花顏色淡雅，香味也獨特，令人非常喜愛，它翩然靜美，就像媽媽純粹又溫馨的母愛。

※青年日報副刊

跋

點唱蔡明裕的《金秋進行曲》

楊樹清(報導文學家，燕南書院院長)

一年前，原本要為蔡明裕的《金秋進行曲》作序；一年後，寫序人變作題跋者。

時空會場叫醒王樂仔仙

「大俠：蔡明裕的『提拔』完成了沒，可以在這個禮拜交嗎？」老友出版人顏公～顏國民加入催稿行列。我的思緒，迅即飛回十七年前，再遇蔡明裕的一場新書發表會。

「叫醒榮格／叫醒梁啟超／叫醒胡適／叫醒傅柯／叫醒坎伯／叫醒張愛玲／叫醒弘一法師／叫醒雷震／叫醒賴和／叫醒莫札特／叫醒羅門／叫醒管管／叫醒李炷烽」……，一個周末的午後，許水富在台北時空藝術會場的《多邊形體溫》個展暨新書發表會，詩人管管、顏艾琳朗誦那首〈叫醒靈魂〉的詩，從照本宣科到隨興點唱在場的人，連渡海而來的金門縣長李炷烽也在被「叫醒」之列，逗得眾人哈哈大笑，原來詩也可以用「叫」的！「叫醒王樂仔仙！」場邊，看到一道消逝多年又現身的熟悉身影，我跟著加入「叫醒」的隊伍。

這是一場號稱「詩・書・畫裝置展」、一本「視覺構成混合多媒體的感覺作品」或者「詩，散文與手抄字的眾生」，許水富以「所有破壞和改變都是為了建一座紀念碑」自況，詩人白靈形喻許水富的創作表現接近「詩癲」：「『燦爛濾過孤獨症候群』成了許水富無可救藥的病症，和勳章」。是啊，「病」！隨後，老詩人菩提以丹田之力唸起了那首〈病〉：「一口口吞噬／身體一個洞一個洞的痛／小小細菌侵略臉龐／長不出翠綠的笑容／荒蕪胸丘沈默預告／死亡昨天剛過去」……。

擔綱主持這麼一場集合著同鄉、同學、詩人、作家、畫家，甚至連中國一級音樂家章紹同都到場的「複合式」作品、「複合式」觀眾的發表會，我的心情一點也不輕鬆。我還得擔心許水富的身體狀況，怕他在擠滿人潮的密閉空間又暈眩症發作，有兩次與他在羅門、蓉子的「燈屋」，看到他「缺氧」般地衝出幽暗往屋外透氣，一次他在地下道天旋地轉地連忙到台大急診處吊點滴；我也得目光鎖住在座的兩位大詩人L和G，上回兩人一言不合，G拿著酒瓶正要砸向L，幸好許水富起身及時制止了「災難」的發生；還有，寫《殺夫》的李昂也來了，許水富搞笑發出「今天是『殺夫』的好天氣，李昂在百忙中還能趕來」，凝結「多邊形體溫」的《多邊形體溫》，笑聲與黑色幽默沖淡了所有的病容與焦慮狀態，換來一席「醇酒五甕／詩句一鍋／燭火六盞／散文半碗／茶點四盤／書畫三卷」，既熱鬧又溫馨的文學饗宴。

冒冒失失闖入迷宮城市

蔡明裕來自雲林鄉下，那個叫「土庫」的地方。少年北上討活，在三重一家車床工廠當「黑手」，後來又轉到一所學校當職員。

這個人與他身處的環境、時空，總會讓我想起小說家黃凡〈賴索〉裡的一段形容「賴索就這樣冒冒失失的闖入這棟迷宮似的建築。這是個現代科技融合了夢幻、現實、藝術、美、虛偽、誇大的綜合體。他從一個攝影棚到另一個攝影棚，從一個時代，進入另一個時代。」

原本要留在鄉下種田的，卻來到了五光十色的夢幻之都，蔡明裕是不是誤入都會叢林？「阿草、阿草」鄉土味十足的外表、臉上永遠掛著一抹憨笑，木訥、拙於言辭的他，是讓人看一眼就看出不具攻擊性、不會防衛性的莊稼人；沈沈緩緩的步履，行走在快節奏的都會，他就像一面選錯顏色、貼錯瓷磚的壁牆。

以冷眼熱筆觀看眾生相

說蔡明裕不屬於這座城市、不協調於這群人，他卻有一隻「奇異筆」，這隻筆的世界始終停格在他鄉土活動時期的人與人性，淡淡的筆觸但有冷冷的、細緻的人性解剖，我在剪貼簿裡找到他一篇發表於一九八四年的〈耗子〉：「鄰居的阿比伯經營碾米廠，每當在穀倉捉到老鼠的時候，都會生氣的想盡辦法折磨牠到慘死為止，有一次我看到阿比伯拿著一瓶汽油淋著鐵絲籠裡一隻肥大的老鼠，就好奇的站在那裡觀賞。一直到那隻老鼠一身抖索的蹲在角落時，阿比伯才劃了一根火柴往鼠身上丟去，『嘩』一聲，滿身著火的老鼠一霎那在鐵絲籠裡來回狂命奔跳，阿比伯高興的把汽油繼續淋了下去，那隻老鼠才不停的發出『吱吱』的慘叫聲，阿比伯興奮的叫著：該死的鼠輩！」

文字與畫面同時呼出、怵目驚心的人鼠大戰，蔡明裕那枝筆確有個令人驚奇的人性角落：《金秋進行曲》中，我又撞見一隻老鼠，寄身在〈土角厝〉中，但這一回不再是主角，而是當配角，不那麼濃重地哀嚎了，而是多了淡淡的喜感，「住了幾十年的土角厝，也逐漸老舊了，晚上會聽到土角壁的大竹管裡傳出蛀蟲的陣陣嗚叫聲，父親怕土角壁的大竹管會很快從裡面腐蝕到外面，嚴重的話土角壁的大竹管會斷裂，土角壁就會崩塌，土角厝就危險了，父親不得已就在土角壁的大竹管鑽一個小孔，把買來的殺蟲劑倒進去滅蛀蟲，第二晚就沒蛀蟲鳴叫聲了。老鼠也出現了！母親只好去鄰居要一隻貓回家養，貓抓老鼠是天性，一物尅一物，貓也使家人帶來一些歡樂，能陪小孩子玩球、或互相抱著玩、牠軟綿綿的身體抱著睡覺也很溫暖；土角厝也會漏雨了，雨下久一點，母親就要忙著用臉盆、碗公、水桶等接那些滴入厝內的雨水，最後父親決定爬到厝頂察看幾片屋瓦損壞，再去郊外的磚窯廠買一些新屋瓦回來更換。」

蔡明裕從以前到現在，從爬格子到敲鍵盤，從散文到作詞，一直都是勤奮的筆耕者。我也看好他應能在文壇獨樹一幟。他卻一度莫名地消失在文字、文人世界，我有整整 20 年不曾遇見他、失落他的音訊，逛書店時也不曾發現過他的著作。偶爾想起，這人不會是從人間蒸發了吧？

「我是從《幼獅文藝》的一則花邊看到你會來主持這場新書發表會，我是來看你的，我退休也結了——四十六歲才結婚，還在努力『做人』，我也到過你們金門了，SARS期間才花了三千多塊廉價走了一趟，還買了一條根。哈！」重逢的時刻，蔡明裕就說了這些，然後，掏了四百塊買了本許水富的《多邊形體溫》，跟我們一道到「稻香村」喝幾杯高粱；然後，這人又一次消失在我的視界……。

用筆刻畫鄉土是他強項

台北時空再遇見那個人那枝筆後，又隔了一個十五載。蔡明裕寄來一本書稿，《金秋進行曲》，終於要出書成類了。他在自序中述及「幾十年前我開始寫作時，那時我已離開，以農業為主的故鄉幾年，而大多寫故鄉，純撲的景象與故事，我和那時文壇盛行的鄉土文學，稍微有一點關聯」。

一九八七，龔鵬程序楊樹清的散文集《渡》，論及「鄉土文學興起後的散文，常是對都市生活後的逃避和悔懺，描述原本歆羡都市，北上求發展的嘉南高屏地區的青年，追戀故鄉之純樸與貧困，又不能且不願真正歸去。這些散文裡，往往會交揉著一些社會寫實的精神和浪漫的農村緬懷，人物與語彙亦大體自成一類型。相較之下，台東花蓮的青年作家、金馬澎湖的作者們，便還沒有發展出一個類。在這幾十年的大變動中，在這與台灣本島，特別是西部北區都會生活的接觸中，我們感覺金馬澎湖的音太微弱了。雖然它們在歷史和現實上都那麼重要。」

依此觀看蔡明裕，刻畫寫鄉土是他的強項，描繪童年、親情亦獨特，雖離文字的精練，文學的純粹，還有一段距離，但至少達致「真摯動人」、「寧拙無巧」、「自然流暢」的基調。文章要在純樸拉出情感的深度、文字的溫度，真是不容易。明裕努力作到了。

散文作者如今也化身作詞人。某日在KTV，友人點唱台語歌手高向鵬的《我的心真痛》，字幕秀出「作詞／蔡明裕」，我眼睛一亮，跟著哼唱，「愛情的劇本是你甲治寫／角色安排隨時替換／這齣戲結果嘛知影／緣份變卦我輸你佔贏／我的心真痛痛痛痛／對日出到深夜／我的心真痛等等等／等你來靠岸／也是對你依依難捨／望你回頭叫阮的名／啊嘸是世間痴情的人註定受拖磨／是我愛你勝過我生命」。

「我的心真痛。歌詞寫得極好，有痛的感覺」。來賓掌聲鼓勵！終曲之後，我忍不住傳了通信息給蔡明裕。

春耕夏耘秋收冬藏。古人以五行之一的金與秋季相配，故稱「金秋時節」。蔡明裕筆耕田畝半世紀，終於有了《金秋進行曲》散文初集，以文字奏出一個滿目金黃的豐收季節。《我的心真痛》之後，讓我們再點唱一首《金秋進行曲》。

序不成，是為題跋的人。

編號	命理叢書	作者	定價
1001	術數文化與宗教	鄭志明等	300
1002	天星擇日會通	白漢忠	400
1003	七政四餘快易通	白漢忠	300
1004	八字占星與中醫	白漢忠	350
1007	祿命法論命術(B5 開本)	郭先機	絕版
1008	考試文昌必勝大全	余雪鴻等	300
1009	易算與彩票選碼	郭俊義	380
1010	歷代帝王名臣命譜	韓雨墨	480
1011	八字經典命譜詩評	韓雨墨	480
1012	安神位安公媽開運大法	黃春霖等	400
1014	最新八字命譜總覽(上下冊)	韓雨墨	1200
1015	韓雨墨相典	韓雨墨	600
1016	命理傳燈錄	顏兆鴻	400
1017	現代名人面相八字	韓雨墨	600
1018	大衍索隱與易卦圖陣蠡窺	孟昭瑋	500
1019	鄭氏易譜	鄭時達	500
1020	男命女命前定數	顏兆鴻	400
1021	命理傳燈續錄	顏兆鴻	400
1022	曆書(上下冊)	陳怡魁	1500
1023	華山希夷飛星棋譜秘傳(上下冊)增訂版	吳慕亮	1500
1024	現代圖解易經講義(B5 開本)	紫陽居士	1200
1025	易學與醫學	黃家騁	600
1026	樂透開運必勝大全	顏兆鴻	300
1027	天機大要・董公選	申泰三	300
1028	姓氏探源	吳慕亮	500
1029	測字姓名學	吳慕亮	500
1030	六書姓名學	吳慕亮	800
1031	八字推論	林進興	400
1032	神機妙算鐵板神數	周進諒	絕版
1033	紫微斗數精論	周進諒	絕版
1034	姓名哲學與推命	周進諒	絕版
1035	六十甲子論命術	陳宥潞	600
1036	天星斗數學	陳怡魁	400
1037	正宗最新小孔明姓名學	小孔明	400
1038	高級擇日全書	陳怡誠	600
1039	奇門遁甲擇日學	陳怡誠	600
1040	實用三合擇日學	陳怡誠	700
1041	三元日課格局詳解	陳怡誠	900
1042	實用三元擇日學(上中下)	陳怡誠	2500
1043	茶道與易道	黃來鎰	300
1044	十二生肖名人八字解碼	韓雨墨・羅德	300
1045	周易 64 卦詮釋及占卜實務	陳漢聲	絕版
1046	八字十二宮推論	翁秀花	500
1047	三世相法大全集	袁天罡	500
1048	小子說易	小子	300
1049	研究太陽星座的第一本書	黃家騁	400
1050	研究月亮星座的第一本書	黃家騁	400
1051	韓雨墨萬年曆	韓雨墨	400
1052	皇極經世・太乙神數圖解	黃家騁	700
1053	易學提要	黃家騁	600
1054	十八飛星策天紫微斗數全集精鈔本	陳希夷	600
1055	研究上升星座的第一本書	黃家騁	600
1056	占星運用要訣	白漢忠	300
1057	增補道藏紫微斗數	黃家騁	500
1058	增補中西星要	倪月培	800
1059	研究金星星座的第一本書	黃家騁	500
1060	面相男權寶鑑	林吉成	500
1061	面相女權寶鑑	林吉成	500
1062	相理觀商機合訂本	林吉成	500
1063	災凶厄難大圖鑑	林吉成	400
1064	男氣色大全	林吉成	500

編號	命理叢書	作者	定價
1065	女氣色大全	林吉成	500
1066	婚姻與創業之成敗(上下冊)	林吉成	1000
1067	小子解易	小子	500
1068	十二星座人相學	黃家騁	500
1069	九宮數愛情學	謝宏茂	350
1070	東方人相與女相	黃家騁	500
1071	八字必讀 3000 句	潘強華	500
1072	九宮數財運學	謝宏茂	350
1073	增補洪範易知	黃家騁	700
1074	風鑑啟悟(上下)	吳慕亮	1500
1075	占卜求財靈動數	顏兆鴻	300
1076	盲派算命秘術	劉威吾	400
1077	研究占星學的第一本書	黃家騁	600
1078	皇極大數・易學集成	黃家騁	700
1079	易經管理學	丁潤生	600
1080	九宮數行銷管理學	謝宏茂	350
1081	盲派算命金鉗訣	劉威吾	400
1082	策天六爻觀占指迷	文墨龍	絕版
1083	盲派算命深造	劉威吾	400
1084	盲派算命高段秘卷	劉威吾	400
1085	周易通鑑(4 巨冊)	吳慕亮	3200
1086	策天六爻速斷六訣	文墨龍	絕版
1087	盲派算命藏經秘卷	劉威吾	400
1088	策天六爻觀卦五要	文墨龍	絕版
1089	周易卦爻闡微	黃來鎰	800
1090	策天六爻卦例精解	文墨龍邱秋芳	絕版
1091	盲派算命母法秘傳	劉威吾	400
1092	命理入門與命譜詩評	韓雨墨	400
1093	五行精紀新編	郭先機	絕版
1094	策天六爻名師解卦	文墨龍編	絕版
1095	盲派算命獨門秘笈	劉威吾	400
1096	盲派算命流星奧語	劉威吾	400
1097	增廣切夢刀	丁成勳	700
1098	命理易知新編	黃家騁編	500
1099	增補用神精華	王心田	600
1100	改變命運的占卜學	文墨龍	絕版
1101	策天六爻名師解卦(二)	文墨龍編	絕版
1102	天文干支萬年曆	黃家騁編	800
1103	盲派算命一言九鼎	劉威吾	400
1104	盲派算命實務集成	劉威吾	400
1105	策天六爻名師解卦(三)	文墨龍編	絕版
1106	策天六爻名師解卦(四)	文墨龍編	絕版
1107	六爻卦大師教學秘笈	文墨龍張恩和	絕版
1108	奇門秘竅遁甲演義符應經	甘時望等	600
1109	六柱十二字推命法	文衡富	500
1110	周易演義	紀有奎	300
1111	民間算命實務精典	劉威吾	500
1112	神臺・孔廟之探索(4 巨冊)	吳慕亮	2800
1113	天文星曆表(上下冊)	黃家騁編著	2000
1114	民間算命實務寶典	劉威吾	500
1115	陳怡魁開運學	陳怡魁	800
1116	周易兩讀	李楷林	250
1117	增補周易兩讀	黃家騁編	600
1118	書經破譯	黃家騁編	700
1119	增補乙巳占	黃家騁增補	800
1120	增校周易本義	黃家騁增校	700
1121	命宮星座人相學	黃家騁編著	550
1122	命運的變奏曲	邱秋美	350
1123	六爻神卦推運法	文衡富	500
1124	星海詞林（六冊，平裝普及版）	黃家騁增校	6000
1125	占星初體驗	謝之迪	300

編號	命理叢書	作者	定價
126	博思心靈易經占卜	邱秋美	300
127	周易演義續集	紀有奎	700
128	予凡易經八字姓名學	林予凡	350
129	六爻文字學開運法	文衡富	500
130	來因宮與紫微斗數144訣	吳中誠・邱秋美	500
131	予凡八字轉運站	林予凡	500
132	節氣朔望弦及日月食表	潘強華	500
133	紫微破迷	無塵居士	350
134	陳怡魁食物改運	陳怡魁	300
135	陳怡魁卜筮改運	陳怡魁	300
136	八字宮星精論	林永裕	500
137	易經星象學精要(上下冊)(A4)	黃家騁	4000
編號	堪輿叢書	作者	定價
001	陽宅改局實證增訂版	翁秀花	500
002	陳怡魁風水改運成功學	陳怡魁	350
003	陽宅學(上下冊)	陳怡魁	1200
004	廿四山放水法、宅長煞與天賊煞	李建築	300
005	地氣與採氣秘笈	韓雨墨	450
006	陽宅生基512套範例	韓雨墨	300
007	台灣風水集錦	韓雨墨	300
010	增校羅經解	吳天洪	300
011	地理末學	紀大奎	600
012	陽宅地理訣學	周進諒	絕版
013	陰宅風水訣學	周進諒	絕版
014	萬年通用風水佈局	潘強華	800
015	三合法地理秘旨全書	陳怡誠	1000
016	三元六十四卦用爻法	陳怡誠	500
017	三元地理六十四卦運用	陳怡誠	600
018	三元地理連山歸藏	陳怡誠	600
019	三元地理明師盤線秘旨	陳怡誠	500
020	玄空九星地理學	陳怡誠	400
021	九星法地理秘旨全書	陳怡誠	500
022	無意心神觀龍法流	戴仁	300
023	堪輿鐵盞燈	戴仁	300
024	南洋尋龍（彩色）	林進興	800
025	地理辨正秘傳補述	黃家騁	600
026	風水正訣與斷驗	黃家騁	500
027	正宗開運陽宅學	黃家騁	500
028	永樂大典風水珍鈔補述	黃家騁	700
029	三元玄空挨星破譯	許秉庸	500
030	形巒龍穴大法	余勝唐	500
031	玄空六法坐子真訣	余勝唐	400
032	玄空秘旨註解	梁正卿	300
033	中國帝王風水學	黃家騁編著	800
034	玄空大卦坐子法真訣	余勝唐	400
035	生存風水學	陳怡魁論著	500
036	形家長眼法陰宅大全	劉威吾	500
037	形家長眼法陽宅大全	劉威吾	500
038	住宅生態環境精典	謝之迪	350
039	象界風水與易經	白閻材・白昇永	600
編號	生活叢書	作者	定價
001	Day Trader 匯市勝訣	賴峰亮	300
002	匯市勝訣2	賴峰亮	350
編號	養生叢書	作者	定價
001	仙家修養大法	韓雨墨	500
002	醫海探賾總覽(上下冊)	吳慕亮	1800
003	圖解經穴學	陳怡魁	600
004	健康指壓與腳相	編輯部	400
005	千古靜坐秘笈	韓雨墨	450
006	傷寒明理論	成無己	400

5007	千金寶要	郭思	300
5008	脈經	王叔和	400
5009	人體生命節律	黃家騁編著	500
5010	達摩拳術服氣圖說	黃家騁編著	550
5011	十二星座養生學	黃家騁編著	600
5012	葉天士臨證指南醫案	葉天士著	500
5013	古今名醫臨證醫案	白漢忠編著	300
	華陀仙翁秘方	本社輯	100
編號	宗教叢書	作者	定價
6001	宗教與民俗醫療	鄭志明	350
6002	宗教的醫療觀與生命教育	鄭志明	350
6003	宗教組織的發展趨勢	鄭志明	350
6004	台灣傳統信仰的鬼神崇拜	鄭志明	300
6005	台灣傳統信仰的宗教詮釋	鄭志明	350
6006	宗教神話與崇拜的起源	鄭志明	350
6007	宗教神話與巫術儀式	鄭志明	350
6008	宗教的生命關懷	鄭志明	350
6009	宗教思潮與對話	鄭志明	350
6010	傳統宗教的傳播	鄭志明	350
6011	宗教與生命教育	鄭志明等	300
6012	台灣靈乩的宗教型態	鄭志明	300
6013	從陽宅學說談婚配理論	鄭志明	300
6014	佛教臨終關懷社會功能性	鄭志明	300
6015	「雜阿含經」的瞻病關懷	鄭志明	300
6016	台灣宗教社會觀察	吳惠巧	250
6017	印度六派哲學	孫　晶	400
編號	大學用書	作者	定價
7001	人與宗教	吳惠巧	400
7002	政治學新論	吳惠巧	400
7003	公共行政學導論	吳惠巧	450
7004	社會問題分析	吳惠巧	450
7005	都市規劃與區域發展	吳惠巧	650
7006	政府與企業導論	吳惠巧	700
編號	文學叢書	作者	定價
8001	殺狗仙講古	殺狗仙	400
8002	讀寫說教半生情	李蓬齡	300
8003	暴怒中國	福來臨	300
編號	文創叢書	作者	定價
A001	給亞亞的信(小說)	馬彧彬	300
A002	棲鳥(小說)	吳威邑	300
A003	宰日(小說)	吳威邑	300
A004	石頭的詩(詩)	姚詩聰	300
A005	阿魚的鄉思組曲(散文)	顏國民	300
A006	黑爪(小說)	吳威邑	400
A007	紅皮(小說)	吳威邑	400
A008	通向火光的雪地(小說)	文西	350
A009	鐘聲再響——我在慕光的日子(散文)	曾慶昌	200
A010	呼日勒的自行車(小說)	何君華	300
A011	一生懸命(小說)	吳威邑	400
A012	我的臉書文章(散文)	王建裕	300
A013	阿魚隨想集(散文)	顏國民	380
A014	臺灣紀行：大陸女孩在臺灣	董玥	300
A015	九天講古與湘夫人文集	顏湘芬	300
A016	西窗抒懷(散文)	王建裕	350
A017	凡塵悲歌(小說)	陳長慶	250
A018	四季花海(詩)	黃其海	350
A019	篆虹吟曲(散文)	王建裕	300
A020	古厝聚攏的時光	顏湘芬	300
A021	寫給古厝的情書	顏湘芬	300
A022	金秋進行曲(散文)	蔡明裕	300

國家書館出版品預行編目資料

金秋進行曲　　蔡明裕／著

大元書局，2024年8月　初版. 台北市
250面；21×14.7公分. ----(文創叢書A022)
ISBN 978-626-98053-8-9 （平裝）

863.55　　113011206

文創叢書A022

金秋進行曲

作者／蔡明裕
出版／大元書局
發行人／顏國民
地址／10851台北市萬華區南寧路35號1樓
電話／（02）23087171，傳真：(02)23080055
郵政劃撥帳號19634769大元書局
網址／www.life16888.com.tw
E-mail／aia.w168@msa.hinet.net
ID：aia.w16888
總經銷／旭昇圖書有限公司
地址／235新北市中和區中山路二段352號2樓
電話／(02)22451480　傳真／(02)22451479
定價／300元
初版／2024年11月

ISBN 978-626-98053-8-9 (平裝)　